書いた、愛した、祈った——

ありがとう、瀬戸内寂聴さん

寂聴さんを偲ぶ会 編

宝島社

はじめに

ありがとう、瀬戸内寂聴さん

2021年11月9日、瀬戸内寂聴さんが逝去されました。

「人は愛するために生れてきたのです。

九十九歳、数えで百歳まで生きてきて、想うことは、この一事です」

亡くなる半年ほど前に、寂聴さんが書き残した言葉です。

生きることは、愛すること――。

寂聴さんは繰り返し、このように説き続けました。

一方で、私たちは愛ゆえに傷つき、苦しみます。

「悩みたくなければ、愛さなければいいんです」と語りながらも、寂聴さんは「愛すること」をけっして諦めませんでした。出家後も魂を削るようにして言葉を紡ぎ続け、最期までペンを手放しませんでした。

本書では、寂聴さんの激動の生涯をゆっくりと見つめ直しています。

魂の軌跡を辿りながら、その声に耳を傾けてみてください。人はいがみ合うためではなく、愛するために生まれてきた。寂聴さんの「生きたあかし」を、改めて感じとっていただくための道標の役割を果たせることを、切に願います。

書いた、愛した、祈った——ありがとう、瀬戸内寂聴さん

もくじ

第二章　愛した

第三章 祈った

＊本書を制作するにあたり、貴重な写真を提供いただいた写真家ほか関係各位に、心より御礼を申し上げます。一部の写真について、権利者がわからないものがありました。お気づきの方は編集部までお申し出ください。

巻頭インタビュー

私が愛した寂聴さん

朗《ほが》らかな笑顔と、前向きでサービス精神にあふれるトークで、いつも私たちに勇気を与え、励ましてくれた寂聴さん。しかし、それはテレビや法話でクローズアップされていた彼女の一面にすぎなかったのかもしれません。その素顔とは、どんなものだったのか――。捉え方は、まさに十人十色でしょう。ここでは、寂聴さんと深い縁で結ばれた方々へのインタビューを通して、「ありのままの寂聴さん」像に迫ります。

下重暁子（作家）

あんな真面目な人はいない。
仕事には真面目だし、
恋愛にも真面目

平野啓一郎（小説家）

人生の中でつらいこと
いろいろあると思いますけど、
最高の復讐は、
長生きです

瀬尾まなほ（秘書）

この世で
いろんな経験をして
面白い話を持っていって、
いつかあっちで
報告できたらいいな

下重暁子（作家）

過去にNHKでアナウンサーを務め、寂聴さんとはテレビ番組で共演していたこともある、作家・下重暁子さん。長年にわたり縁があった寂聴さんについて「誰よりも真面目で孤独な人」だったと言います。

あんな真面目な人はいない。仕事には真面目だし、恋愛にも真面目

文／佐藤勇馬　撮影／谷本 恵

私が愛した寂聴さん　**下重暁子**

ダメな男ばっかり好きになっているのよね。それがよくわかるの

名番組から始まった縁　出家時の手記を代読

瀬戸内さんと初めてお会いしたのは、テレビ朝日の「モーニングショー」（1970年頃）という番組だったと思います。私も出演していた「大島渚の女の学校」という身の上相談コーナーがあって、視聴者の悩みに女性の作家や評論家が答える。瀬戸内さんや宮尾登美子さん、澤地久枝さんなど、恐ろしそうな人がそろっていました（笑）。

出演者同士の仲が良くてね。評論家の小沢遼子さんがあだ名をつける名人で、澤地さんには「舎監」、何となくよそよそしかった私には「転校生」。でも恐れ多かったのか、年上の瀬戸内さんには、さすがの小沢さんもあだ名はつけなかったですね。

収録後にみんなで飲みに行ったりもしていたんだけど、瀬戸内さんは予定がいっぱいでササッと帰っちゃうのよ。仕事はもちろんのこと、恋愛にも忙しい人でしたからね。

親しい人と個人的には会うんだけど、団体で行動するのは嫌いな人でした。それは、私も大嫌いなんですけど。

瀬戸内さんはそれまでテレビにほぼ出ていなかったけれど、テレビ朝日の報道番組の基礎をつくったプロデューサーの小田久榮門《きゅうえもん》さんと仲良しで、久榮門さんに言われたから出演したんだと思います。だから、方々のマスコミが狙っていた得度式のスクープも「モーニングショー」がいち早く報じました。

式の当日、私だけが早朝に呼ばれて何事かと思ったら、久榮門さんから「内緒だよ、きょう瀬戸内さんが出家する」と聞かされました。

ほかのマスコミには内緒で、番組で瀬戸内さんの手記を最初に公開するから、それを「お前が読め」って言うの。私はNHKにいましたから、適役だと思ったんでしょう。

手記を読むのはやはり緊張しましたけど、瀬戸内さんが出家することについてはそんなに驚かなかったわね。

師が言い当てていた
華やかな姿の裏にある孤独

当時はセクハラなんか当たり前の社会で、女性が疲れた顔で出社しようものなら、「あ、昨夜はお楽しみでしたか」なんて冷やかされるわけ。男のアナウンサーが言うのよ。

それから、妊娠している社員がいると「そんなお腹でよく出てこれるな」とかね。私は心の中で「このバカめ」と思って聞き流していましたけど。だって、ストレスになったら相手の思うつぼじゃないですか。

完全な男社会だった文壇に身を置いていた瀬戸内さんなんて、セクハラをされたなんてもんじゃなかったでしょう。でも、彼女はそれを逆手に取っていましたね。

色っぽい話題になってもまったくひるまないで、男と対等に、平気で話しますからね。それで何か集まりがあると、いつの間にか人の輪の中心にいて、彼女が話すとみんな惹《ひ》きつけられちゃう。場をワッと沸かせて、華やかでサービス精神満点でね。

けれど、あれで家へ帰って一人きりになったとき、どんな佇《たたず》まいでいたんだろうって……。

瀬戸内さんが師事した、作家の丹羽文雄さんが「本当はいいようもなく孤独な人」と書いていたけれど、そのとおりだと思います。それを見事に言い当てていたのは丹羽さんだけ。孤独な人だったと思いますね、私は。

瀬戸内さんは、日本の敗戦をきっかけに「自分の手のひらに感じたものだけを信じて生きよう」と思ったと書いているけれど、本当にそうですよ。これは戦争を知っている者にしかわからないことで、学校の先生だって、昨日まで「天皇陛下万歳！」と言っていたのに、アメリカに負けた途端「民主主義」って平気でのたまうんですから。

そういう変節を目の当たりにして、権威に対する不信感と「結局、自分は一人なんだ」という思いは強まるばかりでした。

瀬戸内さんは恋愛をしても、相手に女房がいたりして、三角関係になることもありましたね。若くして結婚した時に中国に渡るんだけれど、当時は誰もが「一発当ててやろう」と思って出国していたから、彼女も夢を抱いていたと思うの。そこで子どもができた。昔は「産めよ増やせよ」の時代で避妊なんてできないから当然なんですけど、瀬戸内さんは良妻賢母のままで終わりたくなかったんだと思います。

きっと「このままいくと一生とらわれてしまう」というような感じがしたのだと思うんですよ。そんな時に若くていい男が現れたら、私だって逃げるわね。

あの人、ダメな男ばっかり好きになっているのよね。私はそれがよくわかるの。あまり褒められたことでもないと思いますけど、仕方がないの。だって、好きになってしまったんだから。ニヒルでダメでね、あまり出世しそうもない男が好きですね。出世するってことは権力者ですからね。そんな男にくっついて一緒に出世したような気分になっている女なんて、ろくでもないですよ。

だから、瀬戸内さんの好きになった男って、きっと私も好きだろうなと思うの。

寂聴さん「こぼれ話」あれこれ

そうそうたる出演者

テレビ朝日の「女の学校」は校長先生役が大島渚さん。悩みに答える側は瀬戸内さん、澤地久枝さんはじめ、大宅昌さん、木元敦子《のりこ》さん、小沢遼子さんといった一家言ある人ばかりでうるさかったけど(笑)、みんな仲が良かったんですよ。

番組がオンエアされていた、1970年頃の寂聴さん

手記を託された番組

プロデューサーの久ちゃん(小田久榮門)はテレビ朝日の報道番組を隆盛させた人なんですけど、瀬戸内さんは彼とすごく仲が良くて。久ちゃんの番組だから出たんだと思いますし、出家の時にも彼に手記を託したのでしょうね。

緊張して読んだ得度の手記

得度の手記は1～2回下読みしただけで緊張しながら読んだんですけど、瀬戸内さんがそれをご存じだったかどうかは最後まで確かめませんでした。だって「私が読みました」なんて自分から言うのは、差し出がましいじゃないですか。

あだ名の「転校生」はピタリ

小沢遼子さんが私に「転校生」というあだ名をつけたんだけど、これはピタリでしたよ。少女時代は人見知りであまりしゃべりませんでしたし、軍人だった父の都合で本当に転校ばっかりしていましたから。

寂聴さんの意外な素顔

瀬戸内さんは意外に自分のことを言わないの。自分のことを言いたがる人ってよくいるけど、瀬戸内さんは実は防備が堅いの。世間では、そうじゃない人のように思われているみたいだけど、全然違いますね。

出演者で飲み歩き

大島渚さんが呑《の》ん兵衛《べえ》だから、よく出演者たちで飲み歩きましたね。瀬戸内さんは「女流酒豪番付」の横綱に選ばれるくらいだったけど、京都住まいだったこともあって、それほどご一緒できなかったですね。

雑誌『酒』主催の授賞式で「前頭」に格付けされた下重さん。「横綱」には寂聴さんの名前が

真面目だからこそ すべて自分でけりをつける

瀬戸内さんは真面目ですよ。あんな真面目な人はいないと思う。出家する前の晩に徹夜していたくらい。仕事には真面目だし、恋愛にも真面目。真面目だから、すべて自分でけりをつけるのですよ。

私小説『夏の終り』でも、主人公はわざわざ不倫相手の男の家を訪ねていくんだから。すごく嫌なことだけど真面目に突き詰めて、ひとたび別れると決めたら彼女はちゃんと実行する。

作家の井上光晴さんと付き合っていた時には、出家という形で別れのきっかけを自分でつくったわけでしょう。

恋愛でも何でも、本来、自分で始めたことは自分でけりをつけるべきなんです。

また、女房がいるような制約がある人を好きになるっていうことは、どこかで自分を制御しているところがあったのでしょう。やがては結婚に行き着くような関係を選ばなかったのは、くだらない日常が訪れないようにしていたんだと思うの。結婚が愛のゴールだとか究極の幸せだとか、「そうじゃない」ってわかっていたのね。誰と暮らしたって、孤独は孤独なんですよ。だから別れる時にも、自分でけりをつけにいく。その潔さが、私はとても好きなんです。

瀬戸内さんは一遍上人《いっぺんしょうにん》が好きでした。きっと彼女の出家の原点には「孤独」に対する思いがあったと思うんですけど、親鸞《しんらん》をはじめ一生懸命に仏教の勉強をして行き着いたのが、一人で孤独に放浪していた一遍だった。これはある種、象徴的なことです。

生と死は隣り合わせ。瀬戸内さんいわく「死は襖《ふすま》を開けると隣の部屋みたいなものだ」と。人間は生まれてきた瞬間に暗闇から出てきて、やがて死を迎えそこへ戻るだけという諦観みたいなものを、彼女はずっと胸に抱いていた気がしますね。

私もそうなのですが、瀬戸内さんは安定を好まないんですよ。出家するまでは「引っ越し魔」でした。そこにも、彼女の精神性をうかがい知るためのヒントがあるのかもしれません。同じところにいると、「腐

好きな寂聴作品

『蛇（くちなわ）』

『瀬戸内寂聴の新作能 蛇 夢浮橋』2003年、集英社

これは新作能。とある母娘が男に救われて、母は男と夫婦になるんですけど、時が経って母は老いた自分の代わりにと、娘を男にあてがうの。けれど、母は夜な夜な男と娘の閨（ねや）を覗き見ては嫉妬に駆られる。そんな自分が恐ろしくて悲しくて、ふと見ると指が蛇になっていた。女の業を描ききった、大好きな寂聴作品。

『かの子撩乱』

1965年、講談社

かの子は魔性に加え観音様のように尊いところがあって、夫や愛人たちと共同生活を送ってもあまりけんかも起きない。この本には彼女の姿がとてもよく描かれてますけど、瀬戸内さんはそんな生活に憧れていたんじゃないかなと思うんですよ。私だって、「そんな暮らしができたら」と思っちゃう（笑）。

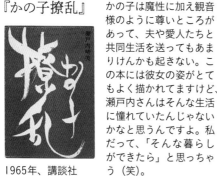

ってくる」というかね。随筆でも、安住・安定が嫌だったと書いています。

恋愛だって同じですよ。長く付き合って、安心しきった男には魅力がなくなる。みんな、本当は瀬戸内さんみたいな生き方や恋愛をしたいのに踏みとどまっているだけなんじゃないかしら。よく芸能人の不倫なんかが炎上しますけど、まわりは羨ましいから石をぶつける。まったく関心がなければ、無視するはずよね。話題にすらならない。そこにはきっと、嫉妬と羨望があるのよね。私だって羨ましくて仕方がないもの（笑）。

女というのは、どこか破滅的な生き方を望む〝業〟を潜在的に背負っていると思うんですね。すべてを捨ててでも情熱を貫きたいという衝動を抱えている。それが噴出した時は怖いけどね。瀬戸内さんは、そういう情熱を作品の中で大っぴらに表現していました。彼女の小説やエッセイが時代を超えて多くの人に愛され、読み継がれているのも、やはりどこかに羨望の思いがあるから。私たちはみんな「瀬戸内さんになりたい」のかもしれないわね。

私たちはみんな「瀬戸内さんになりたい」のかもしれない

下重暁子
Akiko Shimojyu

1959年、早稲田大学教育学部国語国文学科卒業後、NHKに入局。アナウンサーとして活躍後、1968年に退局。民放キャスターを経て、文筆活動に入る。公益財団法人JKA（旧・日本自転車振興会）会長などを歴任。現在、日本旅行作家協会会長を務める。『家族という病』『極上の孤独』（どちらも幻冬舎）、『天邪鬼（あまのじゃく）のすすめ』（文藝春秋）、『人間の品性』（新潮社）など著書多数。

平野啓一郎（小説家）

平野啓一郎さんが『日蝕』で芥川賞を最年少受賞（当時）した際、寂聴さんはその才能を絶賛。そこから20年に及ぶ親交を重ねた平野さんに、「作家・瀬戸内寂聴」の知られざる素顔を語ってもらいました——。

人生の中でつらいこといろいろあると思いますけど、最高の復讐は、長生きです

文／窪田順生　撮影／谷本 恵

『秘花《ひか》』で耳にした「もう書きたくない」

瀬戸内さんと初めてお会いしたのは1999年の年末、24歳の時でした。僕のデビュー作を高く評価してくださったということもあって、『読売新聞』で座談会の機会をいただいたんです。そのあと祇園のお茶屋さんに連れて行ってもらって、そこからのお付き合いでした。

僕と瀬戸内さんは文学の趣味が似ていました。三島由紀夫に関心があって、夏目漱石より森鷗外のほうが好き、谷崎潤一郎や川端康成作品なども愛読書でしたから、2人で文学の話をすると盛り上がりました。

また、ご自身の作品や創作活動についてもいろいろな話をしてくださいました。たとえば、僕が出会った頃にちょうど現代語訳が出版されていた『源氏物語』については、この作品で大きな成功を収め、その後の創作活動が楽になった、ということはおっしゃっていました。一方で、世阿弥の生涯を描いた『秘花』を書いていた時はかなり苦しそうでした。「本当のことを言うと、小説を書くのに飽きて、もう書きたくない」と、弱音を漏らしたこともありました。

当時、80歳を過ぎていましたから体力的な事情は当然あったと思いますが、僕は、瀬戸内さん、「立派な人」を書くのがあまり得意ではない、と思うんですね。

中期の作品に非常に優れた女性の評伝物が多いことからもわかるように、社会から非難されたり、恋愛に挫折したりというつらい経験をした女性たちの姿を等身大で描く時にすごく筆がのって、いきいきとした人物描写になるんですが、釈迦とか世阿弥といった〝偉人〟たちは、ご自身でも難しいとおっしゃってましたね。そういう意味で、かなり苦労されたのではないでしょうか。ただ、『秘花』の時には「もう飽きた」なんてこぼしていましたが、その後に再び創作意欲が高まって、いい作品をたくさん書かれていますからやはりすごいです。

瀬戸内さんは、
立派な人を書くのが
苦手なんですね

「作家・瀬戸内寂聴」を文壇は論じきれていない

文壇は、瀬戸内寂聴という女性作家について、きちんと論じきれていないと思います。当時の男性中心の文壇の中で、瀬戸内さんはすごく苦労されました。

たとえば、僕に「あなた、昔の女性作家は編集者から〝乗せたら載せる〟なんて言われていたのよ」などと話されてました。つまりセックスをしたら原稿を雑誌に掲載してくれる、という意味ですが。「私はそんなことはしなかったけど」と瀬戸内さんはおっしゃっていましたが、そういう風潮の中で、嫌な思いもたくさんされたでしょう。そういう時代を生き抜いた女性作家としての歩みを、フェミニズム的な文脈においても、もう一度きちんと捉え直すべきでしょう。『花芯』を巡っても、ひどい扱いをされていますし。

また、『奇縁まんだら』という随筆集も、日本文学史においては貴重な第一級の資料として高く評価されるべきだと思います。文学研究者による文献研究とは違い、当時の作家の実像が非常にいきいきと語られていることで、文学史が血が通ったものになります。僕自身も、この作品、また瀬戸内さんから聞いたお話から、宇野千代、円地文子、谷崎潤一郎、川端康成という作家を身近に感じることができました。グレート・コミュニケーターとして、多くの人に愛された瀬戸内さんならではの、非常に特殊で、貴重な作品です。

瀬戸内さんを叩《たた》くなら、太宰治も叩くべき

女性作家としての瀬戸内さんを語るうえで避けて通れないのが、先ほども触れましたが、「女性差別」でしょう。男性作家が自身の不倫経験や性体験を書くことは文学として評価されるのに、女性が書くと批評家から叩かれてしまう。『花芯』のあと、一時期、文壇から追放までされました。もちろん、当時と今では社会の感覚がまったく違います。僕の祖母は瀬戸内さんより3歳年上でしたが、「あの時代の田舎で、子どもを残して家を出ていくなんていうことは、発想すらなかった」と語っていました。でも同時代、男性が離婚して実子と離れることなど普通にあったわけです。子どもを置いて出奔した過去などを取り上げて、ネットなどで瀬戸内さんをバッシングしている人たちもいますが、だったら同じように太宰治なども叩かれるべきでしょうね。

そういった過去の話をするとき、瀬戸内さんにも、ふと寂しそうな表情が見えることがありました。ただ、基本的に理不尽なことに対しては悲しむというより、腹を立てていましたね。僕もデビュー時にはくだらない批評で随分と叩かれましたが、おかしなことを書いてた人は、10年くらい経つと、自然と消えてるんですね。そのことをお話ししたら、「そうよ！　私の悪口を書いた人は、みんな死んだ！」とおっしゃって（笑）、励まされたことがあります。

特に若い人たちに伝えたいのですが、人生にはつらいこともありますけど、最高の復讐は、「長生き」なんですね。嫌なことをしてくるのは自分より年上の人が多いの

寂聴さんに教わった祇園

おいしいものは季節によって違う

瀬戸内さんは、大学を出たばかりの僕を「本家たん熊」やすっぽん料理「大《だい》市《いち》」など一流のお店にたびたび連れて行ってくれました。そこで「今は鱧《はも》が美味《おい》しい」など、季節によって行くべきお店が違うということも教わりました。

一人で飲み干したレミーマルタン

瀬戸内さんは、年齢からは考えられないほど、よくお酒を飲まれました。祇園で、もう80代の後半くらいの頃に、レミーマルタンを1本空けたとおっしゃってました。さすがに翌日は記憶がおぼろげだったようですが。

お茶屋さんでもVIP待遇だった寂聴さん

瀬戸内さんは小説の取材でお茶屋に長く通っていましたので、対応もVIP扱いでした。

1968年頃、祇園の舞妓さんたちと

「恋バナ」好きでバーでは「ナンパ」も

瀬戸内さんは恋愛の話が大好きで、若い人はどんどん恋をすべきだと言っていました。祇園のバーで飲んでいた時、近くにいた女性を「かわいいわね」とナンパして、「平野さん、連絡先交換しなさい」と言われて困ったのも、今ではいい思い出です。あとで訊《き》くと、全然覚えてないとおっしゃってましたが（笑）。

で、順当にいけば、こちらのほうが長生きできる。「自分がちゃんと生き続けている」ということが、すごく大事なんだ」ということを、瀬戸内さんに教わりましたね。

私小説で終わらずに「反権力」をテーマに

瀬戸内さんが作家として非常に優れていたのは、個人的な恋愛を私小説に近いスタイルで書くところから出発して、当時の制度や社会思想的な認識にまで引き上げていったところです。私小説の作家は、なかなかそこまでいかない人も多いのですが、瀬戸内さんの場合は、家父長制度から逸脱した「女性の自分」はなぜこんなに苦しまなければならないのか、ということを突きつめて、政治行動をした女性たちに注目していく。さらに、彼女たちの活動が権力にとっては「都合の悪いこと」だと理解していく。作家として自分の関心のあることが、世間からひんしゅくを買うことなら、そのひんしゅくの出所は何なのかと辿っていくと、やはり政治的なことに触れざるを得ない。ある意味、非常に明瞭な足跡です。

瀬戸内さんには、個人が苦境に陥ったときには自己責任だけではなく、制度的な解決がなされるべきであり、それでも満たされない部分については、宗教を考えました。精神的なものと政治的なものとの両方で物事を捉えています。だから、政治にも関心が高く、弱者に対して冷たい政策をとる自民党には強く憤るなど、反権力的でした。威張っている人、権威にすがる人が嫌いで、「男が勲章をもらいたくなる時っていうのはね、自分に自信がなくなった時なのよ」とおっしゃっていました。

寂聴さんへの道しるべ
〜おすすめの3冊〜

『女子大生・曲《チュイ》愛《アイ》玲《リン》』

『瀬戸内寂聴全集 第壱巻』に収録。
新潮社

『花芯』の前に書かれた初期の作品で、第3回新潮社同人雑誌賞受賞。同性愛という視点からも今再読すべきですし、戦中の日本の内地と外地とのギャップもよくわかって面白い内容です。文体も切れ味がいい。再評価されるべき作品だと思います。

『諧調は偽りなり』

上下巻／文藝春秋

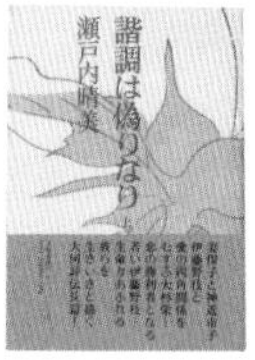

中期の評伝物の代表作で、辻潤と大杉栄の間で揺れる伊藤野枝という、瀬戸内文学でよく描かれる三角関係も整理されているので感情移入しやすく、"なぜ彼らが殺されなければならないのか" という憤りも自然と芽生える。『美は乱調にあり』も素晴らしいですが、物語としては、続編のこちらも読み応えがあります。

『場所』 新潮社

晩年の作品の中でも僕が好きな作品です。瀬戸内さんがかつて住んだ場所、父母の生まれた地などを訪ねて回り、自らの過去を回顧する。ほとんどが実体験に基づいて書かれているので、筆に深みがあり、それぞれの記憶が陰影豊かに表現されています。瀬戸内さんの人生の軌跡について、よくわかる一冊です。

瀬戸内さんは反権力的で威張っている人、権威にすがる人が嫌いでしたね

平野啓一郎
Keiichiro Hirano

1975年愛知県生まれ。北九州市出身。京都大学法学部卒。99年在学中に文芸誌『新潮』に投稿した『日蝕』により第120回芥川賞を受賞。40万部のベストセラーとなる。以後、一作ごとに変化する多彩なスタイルで、数々の作品を発表し、各国で翻訳紹介され、多くの文学賞も受賞。2019年に映画化された『マチネの終わりに』は、現在、累計60万部超のロングセラーとなっている。『空白を満たしなさい』を原作とする連続ドラマが2022年6月下旬よりNHKにて放送予定、『ある男』を原作とする映画が2022年秋に公開予定。近著は『本心』（文藝春秋）。

三島由紀夫のような観念的な作家への憧れ

瀬戸内さんは若手の作品もよく読んでいて、金原ひとみさんが『蛇にピアス』でデビューしたとき「『刺青』（谷崎潤一郎）が霞《かす》んで見えた」と絶賛していました。好きな作家のタイプは、観念的で難解な小説を書く人ですね。三島由紀夫が好きだけど自分では書けないので、あのような作家に憧れがあると言っていました。確かに、小田仁二郎や井上光晴も観念的ですし、僕の作品もそうかもしれません。

ものすごくたくさんの人との交流がありましたが、美輪明宏さん、横尾忠則さんといった共通の知り合いの話もよくしました。特に横尾さんと瀬戸内さんのやりとりは、漫才みたいで聞いているだけで面白かったですよ。そういう、僕からすると憧れの人たちを紹介してくださいましたし、好きな作家の横顔や、祇園のお茶屋さんなど、僕が知らなかった世界も教えてくださった。瀬戸内さんには本当に感謝しています。

瀬尾まなほ

（秘書）

10年にわたって秘書を務め、寂聴さんを傍で支え続けてきた瀬尾まなほさん。66歳もの年齢差をものともせず、ふざけ合ったり、時には衝突したりと、かけがえのない時間を共有してきました——。

この世でいろいろな経験をして
楽しい話を持って行って、
いつかあっちで
報告できたらいいな

文／山口紀子　撮影／石川奈都子

少女のように天真爛《らん》漫《まん》で優しくでも凛としていて。これが私が知る先生の素顔です

90代にして若返った瀬戸内先生との日々

「文学少女ではない子がいい」ということで秘書を探していた瀬戸内寂聴先生と、世間知らずで「先生について何も知らなかった」私。就職活動に苦戦し、失意のまま大学卒業予定だった2011年春、ひょんなご縁から先生と出会い、10年間秘書を務めさせていただきました。

年齢差66歳、共通点も少なかった私たちの距離が縮まったのは、13年。90歳を超えながら、筆一本で事務所のスタッフを養っていた先生の負担を減らすため、ベテラン職員が一斉退職し、事務職を担当していた私だけが残ることに。多くの時間を先生とともに過ごす日々が始まりました。

よく、一緒に料理もしましたし、ちょっとした取材なら私がメイクをしました。私の大好物を薦めているうち、先生が、朝食といえば「パン派」に転向したり、スイーツ通になったりしたのもこの頃のこと。私があまりにもうれしそうに食べるので、「見ていて悔しくなった！」というのが長年の習慣を変えた理由だそうです。

のちに周りの方からお聞きしたのは、私が来てから「先生が若返った」「怒ることが減り、よく笑うようになった」というお声。先生が毎日心地よく過ごせるよう「楽しませたい」という思いで精一杯だったのですが、ともかくもうれしいことでした。

ちょっと天然な先生、でも観察力はすごい

こうして、少しずつ知るようになった先生は、少女のような天真爛漫さとお茶目さ、優しさを持ち併せた方。そして、意外かもしれませんが「天然ボケ」なところもたくさん。知らないお相手と電話で1時間話し続けることもあれば、寂庵に4回も入った賽銭《さいせん》泥棒に気づかなかったことも……。思わず吹き出してしまうようなエピソードは数えきれません。初めて「先生は天然ですね」と言った時、「老人ボケ」と勘違いしてプンプンされていたのも愛おしい思い出。その後は、気持ちよく笑い飛ばしてくださ

いましたが。

基本はボケが先生、ツッコミが私。ですが、先生はこうした何気ない会話や、ほんの些細《ささい》な出来事もしっかり覚えていて、いつのまにか小説の中に取り込んでいました。そして、物語を鮮やかに膨らませていくのです。素晴らしい観察力と感性に、いつも「さすが小説家!!」と思いました。

最後までわからなかった先生の本当の気持ち

「いつもみんなに囲まれているから、夜くらいは一人がいい」。これが先生の口癖。常に多くの来客がありましたが、後年、スタッフが交代で泊まり込むようになるまで、夜の寂庵は先生たった一人。出奔《しゅっぽん》し、一人で生きてきた先生にとって、いちばん自分らしい時間だったのかもしれません。

小説を一気に書き上げるのも夜で、深夜3時のFAX送信履歴を見たこともしばしば。『爛《らん》』の連載中は、一晩で30枚書いた」と豪語されていました。

先生は、「人からべたべた体を触られること」「自分の裸を他人に見せること」が嫌いでした。温泉宿では、人がいない時間にこっそり一人でお風呂に入っていましたし、入院中は看護師さんが何度誘っても、頑《かたく》なに入らなかった。本当はお風呂が大好きなのに、人の手を借りるのは嫌――そんな孤高さや美意識も持った方でした。

出家した理由についても、先生の中では揺らぎがあったようです。多く語られていたのは「小説家として、文学の核になる思想、バックボーンが欲しかった」ですが、時に「言葉にできない、導かれるような神秘的なものがあった」とも、「あれは更年期障害だった」とも。先生自身、自らの本当の気持ちを把握しきれていなかったのかもしれません。波乱万丈の人生の中、その時々で「こうなりたい」と口に出すことで、理想の自分を追いかけてきた……というのは私の勝手な想像でしょうか。

先生からのメッセージ「愛することは許すこと」

先生と私はよくけんかもしました。特に私が20代の頃は「曲がったことは許せない」という意識も強くて、先生の周囲にいる方々との応酬も踏まえて「先生のこの態度はどうかと思う」と食ってかかることもありました。でも、その時に先生から返ってきたのは、「近寄ってくる人の中には私を利用したい人もいる。私はそれでいい」「あなたが言うことは正しいけれど、それがすべてではない。世の中には白と黒に分かれることばかりじゃない、グレーもあるのよ」という言葉。当時は煮えきらない思いもあったけれど、あえて〝利用されてあげる〟という先生の姿には、計り知れない優しさが隠されていたように思います。

最晩年の先生が、作品の中、そして私に対してよく語っていたのは「愛することは許すこと」という言葉。私がこの境地に達するには時間がかかるでしょうし、今はまだ「愛するからこそ、許せない」という感情も悪いものではない気がします。それでも、先生がこの言葉を私に伝えた意味はきっとある。この先も、大切に考え続けていくつもりです。

寂聴さんのすごいところランキング

1 好奇心の塊のような人

流行《はや》りのスイーツやメイク、ファストファッションにも興味津々、進んで私たちと一緒に楽しんでいた先生。つけまつ毛をしてテレビに出たこともあれば、twitterの「〜なう」やInstagramの扱いもお手のものでした。

2 本を売ることに常に貪欲

ベテランであることに胡座《あぐら》をかかず、本を売るためなら「何でも率先してやる」のが先生の信条。販売部数を常にチェックし、自らサイン会やテレビ出演の提案も。本を読者に届けるところまで、真摯に心を傾ける方でした。

3 原色の着こなしもお任せ

出家以降は外で着飾ることはありませんでしたが、先生は根っからのオシャレさん。庵内では好きな赤黄紫の原色、ポップなプリントの服や靴下も好んで着ていました。てんとう虫のニット姿もチャーミングでした！

4 元祖・肉食系女子は先生!?

大好物はお肉とすっぽん。晩年まで欠かさず食べ続けたことは、先生の創作意欲の源でした。日本酒やシャンパンも大好きで、アテはからすみ、キャビアが定番。男山酒造（山形）でオリジナルの酒「白道」も作っていました。

先生からいただいた、最初で最後の手紙

寂庵に来た頃の私は特技もなく、就職活動の失敗もあって、自尊心がボロボロの状態でした。先生との会話の中でも、何度「私なんか」と口に出してしまったことか。でも先生は、そんな私を優しく諭し、心のまま、正直に生きることを教えてくれました。

私に「書く」という可能性を見いだしてくれたのも先生でした。きっかけは、私の本当の気持ちを伝えたいとき、折に触れて先生に書いていた手紙。先生が返事をくれることはありませんでしたが、いつからか「この子は素直でいい文章を書くのよ」と編集者さんに伝えてくださるようになり、エッセイ出版の道が開けたんです。

今年の5月、「徹子の部屋」に出演した時に「自分が作家なのに、あなたに書きなさいと言った寂聴さんはすごいわね」と黒柳さんがおっしゃって、ハッとしました。先生にはそういう懐の広さがある。いつも惜しみなく、愛情や知恵を分け与えてくれるのです。そこに、駆け引きは一切なくて。私の文章が編集さんに褒められると、いちばん喜んでくれたのも先生でした。

先生は一度だけ、私からの手紙で泣いたことがあるそうです。『死に支度』の最終章に、モナという登場人物が書いた体裁で載っています。先生が少し文体を変えていますが、内容はほぼそのままです。

そして「いつかは欲しい」と思っていた、最初で最後の先生からのお返事が、同作に掲載されています。ある時、提出前の連載原稿を「ちょっと読んでみて」と手渡されたことがあって。読み進めると「モナへ」から始まる手紙でした。意外な形での先生からのお返事と、言葉の温かさに涙が止まりませんでした。

ペンを持ったまま、死にたい。現役を貫いた作家人生

晩年は病気を繰り返し、先生の体力は年々衰えていきました。執筆のスピードも落ちていきました。頭も精神も若いままでしたから、自分の体力の限界を受け入れ、いくつかの仕事を断るまでには、大きな葛藤があったと思います。

99歳まで現役で書き続ける自分を誇っていた一方、「長く書くことは、みっともないのではないか」と時折こぼしていた先生。それでも歯を食いしばり、力を必死に振り絞って仕上げた原稿が担当者に絶賛されると、やめることはできなかった。こうして5つの連載を抱えたまま、先生は旅立ちました。

「ペンを持ったまま、机に伏して死にたい。まなほが起こしに来て、私を見つけてくれればいいと思わない?」

そう話していた先生は、最期まで真の作家でした。

「先生へ――」

「私が死んだら、その直後はあなたの仕事が増えるから頑張りなさい」

先生はこう話し、生前から私の将来を心配してくださいましたね。驚かれるでしょうが、最近、先生の本の解説を頼まれるようになりました。改めて作品に触れると、

私は本の中で再び先生に会える喜びを感じ、同時に「生前に読んでいたら、もっといろんな話ができたのにな」と寂しい気持ちにもなります。

　そんな私を奮い立たせてくれる先生の作品は、『美は乱調にあり』をはじめとする、大正時代の女性アクティビストを描いたもの。今の若い女性にもぜひ読んでほしい、と強く思うようになりました。もしかしたら、私の「書く」仕事で、先生と未来の女性をつなぐことができるかもしれません。まだまだ小さな夢ですけれど。

　この8カ月、私はこれまでに先生がつないでくださったご縁に支えられ、過ごしてきました。先生を愛した多くの方が、秘書である私にも愛情を傾けてくださり、感謝してもしきれません。

　今もふと寂しくなるけれど、横尾忠則先生が言ってくださったように、いつか私が死んだら必ずあの世で先生に会える。だから今はこの世でいろいろな経験をして、楽しい話をたくさん集めたいです。そちらで報告しますから、期待していてくださいね。

いつも惜しみなく愛情や知恵を分け与えてくれました

瀬尾まなほ Manaho Seo

1988年生まれ、兵庫県出身。京都外国語大学英米語学専攻。2011年3月より寂庵に勤務。2013年より66歳年の離れた瀬戸内寂聴の秘書として奮闘の日々を送る。著書に『おちゃめに100歳！寂聴さん』、瀬戸内寂聴との共著に『寂聴先生、コロナ時代の「私たちの生き方」教えてください！』（ともに光文社）などがある。困難を抱えた女性や少女たちを支援する「若草プロジェクト」理事。

第一章 書いた

「書けなくなったら、死んだほうがまし」そう語り、人生の最後までペンを手放そうとしなかった寂聴。死ぬために生まれ、別れるために出会う。それを信条に生きてきた寂聴でしたが、「書くこと」への情熱だけは尽きることがありませんでした。むしろ、書かずにはいられなかったのです。表現者としての〝業〟に身を投じた生涯でした。

1964年

書きに書いた女の生きざま

繊細な筆致が紡ぎ続けたのは無常ゆえの生の美しさ

書くことは生きること――。その言葉どおりの生涯でした。34歳で文壇デビューを果たしたものの、「子宮作家」と罵《ののし》られ、しばらく不遇の時代が続きます。しかし、どんなに中傷を受けても文壇から干されても、寂聴が筆を折ることはありませんでした。のちに女流作家としての揺るぎない地位を手に入れてからも、寂聴は何かに追われているかのように、人間が命を燃やすさまを描き続けました。それは、私小説の形をとることもあれば、伊藤野枝や管野須賀子、一遍や良寛、世阿弥といった故人たちとの魂の交感を通して生み出されるものもありました。あるいは古典『源氏物語』を現代語で蘇《よみがえ》らせるといった大きな挑戦もありました。どの作品においても変わらないのは、幾重もの心のひだを描き出す繊細な言葉の妙。寂聴が紡ぐ言葉の先に見えてくるのは、無常ゆえの生の美しさでした。

北京で敗戦を迎えすべてが崩れ去ったあ

内側からほとばしる激情を表現せずには生きられない

とに残ったのは、凄《すさ》まじいまでの孤独。この、あらゆる生を呑《の》み込むような深い孤独こそ、生き、死んでいく人々の刹那の命の愛おしさを、書いて書いて書き尽くそうとした寂聴の、原点だったのかもしれません。

寂聴のことを「幼い娘を捨て、浮気相手のもとに走った身勝手な女性」といったセンセーショナルなイメージだけで捉える人も少なくないようです。しかし、相手の男性との関係は当初プラトニックなもので、何らかの約束を交わした仲でもありませんでした。それでも、内から噴出する感情に蓋をして生きることはできないと、寂聴はあらゆるものを捨て、いばらの道へと一人で踏み入っていく覚悟を固めます。

己の内側をえぐり出し命を削るような作業

男と女は、いかに深く通じ合えたと感じる瞬間があったとしても、それは永遠に続くものではないこと。出会いは終わりの始まりでしかなく、けっしてわかり合えないということ。彼女の小説には、この孤独と絶望のモチーフが繰り返し登場します。

あるいは、与えられた軌道からはずれ、理想を求めて命を燃やし尽くした女性たちの激しい生きざまを描きます。いかなる謗《そし》りを受けようとも、たとえ誰かを傷つけることになろうとも、自身の内側からほとばしるものを表現せずにはいられない。そうした寂聴の作家としての〝業〟は、彼女たちの魂に共鳴していたのかもしれません。

寂聴にとって、書くことは孤独を癒やすと同時に、己の内側をえぐり出し命を削るような作業であった。だからこそ、女流作家としての隆盛を極めていた51歳の時、俗世のしがらみを断ち切って仏門に入るという道を選ぶしかなかったのかもしれません。

宗教というバックボーンを得たことで、寂聴の筆は勢いを増しました。『源氏物語』の現代語訳では空前の古典ブームを巻き起こし、ケータイ小説や初の句集まで、その筆致は融通《ゆうずう》無碍《むげ》の境地へと至ります。「ペンを持ったまま伏して死にたい」の口癖どおり、亡くなるまで多数の連載を抱えていました。

少女時代

生み出したいくつもの物語

16歳、徳島県立徳島高等女学校で

幼い頃（前列左から４番目）

体の弱かった幼少期　一人遊びが得意に

瀬戸内寂聴（旧名・晴美）は、指物職人として働く父・三谷豊吉と母・コハルの間に次女として生まれました。体が弱く、いつも全身おできだらけだった子ども時代。近所の子どもたちから相手にしてもらえず、一人遊びの習慣がつきました。新町川の河口に座り込んで白い連絡船を眺めながら、想像を巡らせ、無数の物語を頭の中に生み出す日々。幼いながらも寂寞《せきばく》とした孤独の痛みを、想像力とともに自分の内側に育んでいました。

晴美の才能を早くに見いだしたのは、尋常小学校3年生の時の担任・広田シゲでした。広田は白秋やアンデルセンなどの作品を読ませるほか、詩や物語を自由に創作するよう促します。晴美は将来小説家になろうと心に決めました。

1歳の頃、母に抱かれて

幼いながらも寂寞とした孤独の痛みを想像力とともに自分の内側に育んだ

『源氏物語』との出合い

県立徳島高等女学校に入学早々、学校の図書室で、晴美は与謝野晶子訳の『源氏物語』と出合い、こんなに面白い物語があったのかとたちまち夢中になる。5歳上の姉の担任の書棚に並ぶ文学全集を片端から読んでいたという小学校時代の豊かな読書体験が、13歳にして『源氏物語』を読ませる感受性を育んでいたのだろう。のちに、75歳で成し遂げた『源氏物語』現代語訳という大きな仕事にいたる初めの一歩である。

20歳の見合い写真

20歳、友人と

戦時下に縁談話
学者の夫と北京へ

県立徳島高等女学校に首席で合格した晴美は、常に級長に任命されるような優等生に。白いチャペルのポスターに憧れて東京女子大学への進学を決めますが、田舎の女学校とは違う自由な伸びやかさを楽しむ一方、結婚が決まると中退していく学び舎《や》の空気に物足りなさを感じるようになります。

戦争は泥沼化していましたが、晴美にとってリアリティはなく、いざとなれば神風が吹くと信じる忠君愛国の女性でした。

そんなとき縁談の話が郷里で持ち上がります。相手は、9歳年上の中国古代音楽史の研究者。この縁談に飛びついた晴美は、在学中に式を挙げました。やがて学徒出陣が始まり、大学を繰り上げ卒業して北京に渡ります。

20代

「大鬼」として生きる覚悟

生涯貫いた非戦の原点

21歳の晴美が夫と北京で暮らし始めた1943年10月、戦局はいよいよ悪化、旧満州のハルピン駅まで見送りに来た母と、これが今生の別れになります。母と祖父が45年7月の徳島大空襲で焼け死んだことを知るのは終戦から1年後、日本に引き揚げた時でした。

北京では夫の病気や転職、物価高騰などに見舞われ、44年には女児も授かり、目まぐるしい日々が続いていました。45年8月15日、玉音放送で日本の敗戦を知ります。忠君愛国の少女だった晴美の意

29歳頃、小学館の図書室で

26歳、京都で家を出た頃

識は打ち砕かれました。「これからは、自分の手で触って、手のひらに感じたものだけを信じて生きよう」と決意します。国家によって奪われていた〝自分の意志〟を取り戻す、生涯貫いた非戦の原点です。

幼い娘を残し 身一つで家を出る

戦後に戻ってきた徳島で、夫に頼まれた選挙運動の手伝いを通して夫の元教え子である4歳年下のRに出会い、彼に恋心を抱くようになります。プラトニックな関係でしたが、晴美は夫にRへの恋心を正直に告白。心を病むほどの葛藤の末、夫と娘を残し、寒空の下、マフラーも財布も持たず身一つで家を出て行きました。

京都の友人の下宿先に転がり込んだ晴美は、駆けつけたRに促されて自立を決意します。その決意を後押ししたのが「お前は人の道を外れ、鬼になったのだから、せいぜい大鬼になってくれ」という父からの手紙でした。夫のもとならば3歳になる娘は食うに困るまいと思ったうえでの決断でしたが、「幼い娘を置いてきた。酷《ひど》いことをした」と晩年も繰り返し後悔を口にしていました。

自分の手で触って感じたものだけを信じて生きよう

29歳頃、京都から上京

初めて原稿料をもらった少女小説『青い花』

『少女世界』1950年12月号

幼い頃に夢見た「小説家」として生きることを決意した晴美は、京都で職を得るかたわら、少女雑誌に原稿を送るようになる。夫との離婚が成立し、父が亡くなった頃、懸賞に応募していた少女雑誌『ひまわり』から入賞の知らせが、そして原稿を送っていた『少女世界』からは原稿採用の知らせが届いた。初めて原稿料をもらった『青い花』（『少女世界』）は、手紙というスタイルで少女の内面を描き出し、三島由紀夫に絶賛される。

30代
文壇での紆余曲折《うよきょくせつ》

32歳、めずらしいベレー帽

38歳頃

『女子大生・曲愛玲《チュイ・アイ・リン》』で初めての受賞

扇風機もない部屋で、小田に励まされながら汗まみれになって書き上げた『女子大生・曲愛玲』が57年に新潮社同人雑誌賞を受賞。戦時下の北京を舞台に、講師の妻である「わたし」が、女子大生と女性教授との愛の形を見つめる物語（『白い手袋の記憶』に収録）。

小田仁二郎との出会いと半同棲

初めて手にした原稿料は、当時の職場である京都大学附属病院の月給の3倍もの金額でした。これをきっかけに晴美は上京を決意。

吉祥寺の古道具屋で購入した机一つと、リンゴや石鹸の空き箱で作った本箱。それらを三鷹の下宿先に持ち込んで、晴美の作家生活が始まりました。売れる月も売れない月もありましたが、食いつなぐべく晴美は書き続けました。

一方で、三鷹在住の小説家・丹羽文雄の主宰する同人雑誌『文学者』の同人となり、作家たちとの交流も深めていました。ここで中心メンバーの一人である小田仁二《じんじ》郎《ろう》に出会います。小田の作品に衝撃を受けた晴美は、いつしか妻子ある彼と半同棲の生活を始めます。小田自身はマイナーな作家でした

初の書籍を出版『白い手袋の記憶』

新潮社同人雑誌賞受賞と同年、初の書籍となる短編集『白い手袋の記憶』を刊行。「じぶんのからだの中で、無数の爆竹が一どきに火をふいたような熱さと、痛みと、轟《とどろ》きを感じた」と、北京で敗戦を知った瞬間の衝撃を描写している。

1957年、朋文社

文壇から酷評を浴びた『花芯』

受賞後第一作として発表した『花芯』では、古い女性像を打ち砕き性に奔放な女性を描いたが、私小説と誤読され、保守的な文壇から「子宮作家」と酷評を浴びる。晴美は「そんな批評家はインポテンツ」と反撃し、以後5年間文壇から干される。

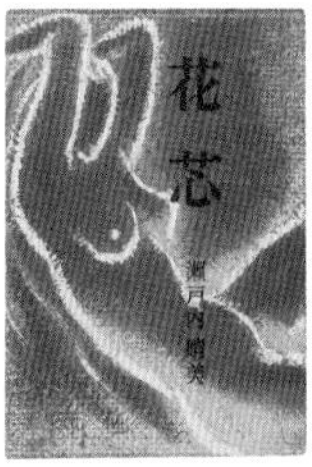

1958年、三笠書房

評伝『田村俊子』が認められる

文壇から干される一方で、近代日本初の女性職業作家・田村俊子の評伝を同人誌に書き始める。61年、『田村俊子』が一冊の本として文藝春秋新社から刊行されると、第一回田村俊子賞を受賞。この頃、Rが晴美を訪ねてくる。

1961年、文藝春秋新社

39歳、田村俊子賞授賞式

晴美の才能を小田が見抜き創作活動を後押し

が、晴美の才能を見抜き創作活動を後押ししました。

文壇デビューとRとの再会

『女子大生・曲愛玲』で新潮社同人雑誌賞を受賞した晴美でしたが、その後の『花芯《かしん》』で批判を浴び、しばらく文壇から干されます。その間も、中間雑誌にせっせと小説を発表し続けていました。

月の半分を晴美のもとで、残りの半分を家族と過ごす小田との生活が8年目を迎えた頃、離婚の原因となったRが12年ぶりに訪ねてきました。当時を晴美はこう回想しています。「彼が幽霊にしか見えなかった。破壊されつくした人間が、かろうじて皮だけを被っているように見えた。この男をこんな幽霊にしたのは、この私だ」（『人が好き』）。晴美は深い混乱に陥っていました。

40代
女流文学賞を機に流行作家へ

1965年、講談社

岡本かの子の伝記『かの子撩乱《りょうらん》』

62年7月から『婦人画報』に連載した岡本かの子の伝記。晴美に書くよう勧めたのは、当時の編集長・矢口純だった。晴美がかの子の名を知ったのは女学校時代。一平の妻で歌人・仏教研究家として名高かった彼女が小説家に転身した頃だ。

文学賞受賞で仕事が殺到

結婚に失敗し、仕事もうまくいかず憔悴《しょうすい》しきったRが晴美の前に突然現れたとき、晴美は38歳でした。小田仁二郎との関係を清算し、Rと暮らすことを決意した晴美は「25歳の私が21歳だった彼の道を誤らせたという負い目」があったとのちに回想しています。2人の新しい生活の場は、練馬の大根畑の真ん中に建つ一軒家でした。

小田とその妻、Rとの多角恋愛の成り行きを描いた『夏の終り』で、晴美は第二回女流文学賞を受賞します。晴美にとって初めての私小説でした。この受賞を機に仕事の注文が殺到、前年から連載していた『婦人画報』の『かの子撩乱』や『週刊新潮』の『女徳』などに加え、文芸雑誌や総合雑誌、中間雑誌にいくつもの連載を抱える流行作家となっていきました。

初の私小説『夏の終り』で脚光を浴びる

12年ぶりに再会したR、そして小田仁二郎の妻との関係性を繊細な筆致で描いた初の私小説『夏の終り』が、63年に第二回女流文学賞を受賞、時代を超えて読まれるミリオンセラーに。これを機に晴美は押しも押されもせぬ流行作家となった。

1963年、新潮社

40歳、『夏の終り』で第二回女流文学賞受賞

1963年

愛と孤独をテーマに書いて書いて書き続けた

純文学への扉を開く『蘭《らん》を焼く』

『群像』69年６月号に発表。当時関係のあった井上光晴を彷彿とさせる男が登場する。この頃、晴美の小説の登場人物からは固有名詞が消えて「男」と「女」になり、風景のこまやかな描写からは男女の関係のはかなさや不安、孤独がにじみ出す。

1969年、講談社

43歳、軽井沢で

Rの浮気が発覚 心に大きなダメージ

晴美が昼も夜もなく書き続けていた一方、Rは晴美のもとで徐々に体力と気力を取り戻し、さまざまな事業に手を出すようになりますが、いずれも長続きせず、つくった会社は端から潰れていきます。晴美は「時代が彼に追いついていないのだ」と、通帳も印鑑も彼に預けっぱなしにしていました。しかし、晴美がいくら稼いでも、Rの事業の失敗を穴埋めするには、焼け石に水といった状況が続きます。そんな折、Rと会社の若い女性事務員との関係が発覚し、晴美は深く傷つきました。

精神を病むほど思い詰めた晴美は、フロイトの直弟子だったという精神医学者・古澤平作と出会い、彼の精神分析治療を受けました。仏教にも深い造詣のある古澤からの学びは多く、精神を病んだ者に必要なのは、他者からの無条件の優しさとあたたかな愛なのだと感じるようになります。煩悩の煉獄《れんごく》の只中《ただなか》にいる自分自身を意識しつつ、晴美はいよいよ創作活動に没頭していくのでした。

　この頃、晴美は恋と革命に生き、己の意志を貫いた女性たちの伝記をいくつも記しています。

　伊藤野枝を描いた『美は乱調にあり』（66年）、管野須賀子《かんのすがこ》の『遠い声』（70年）や金子文子《ふみこ》の『余白の春』（72年）など、明治・大正の昏《くら》い時代に生き、愛と理想に死んだ女性たちを描こうとする、勇気と知性に裏打ちされた仕事の数々でした。

京都に一軒家購入
軸足は純文学へ

　66年4月、高松への講演旅行で、作家の井上光晴と出会います。井

48歳、目白台の書斎にて

当時の心象を描き出す『おだやかな部屋』

『文藝』70年9月号に発表。7階の部屋に一人住み、時折訪れる男を迎える女。寂寞たる大海原のような都会を漂う女の所在なさが、当時の晴美の心象を描き出す。この年の4月、晴美は鎌倉・東慶寺で「出家したい」と告白している。

1971年、河出書房新社

男女のもろさ、はかなさ『吊橋のある駅』

74年に河出書房新社より刊行した作品集。表題作は、週1回海峡を渡ってくる男と、男を迎え入れる女の、愛を語ることも過去を明かすこともない関係を描く。晴美の作品で繰り返される、関係のもろさ、はかなさがにじみ出すモチーフである。

1974年、河出書房新社

上は妻子のある身でしたが、互いに惹かれ合い関係が始まりました。晴美は44歳になっていました。

その年の冬、晴美はRと別れ、京都に一軒家を購入します。その家の持ち主は、『女徳』のモデルとなった祇王寺の智照尼《ちしょうに》から紹介された、京都の高利貸し・中島六兵衛。戦後日本のフィクサーとも言われる人物でした。

当時の晴美は、「人のお金で取材してものを書いてもろくなものができない」と、身銭を切って取材することにこだわっていました。祇園を舞台にした小説を書くにも、自費でお茶屋に通い、女性たちと関わりを深めながらその本音を引き出していく晴美の潔さは、多くの人を惹きつけたのでした。

井上と出会ったのちの晴美は、本当に書きたいと思う純文学に、より一層の情熱を傾けるようになっていきました。

愛と革命に身を投じた伊藤野枝《のえ》の伝記小説『美は乱調にあり』

65年4月から12月まで『文藝春秋』に連載した伊藤野枝の伝記小説。平塚らいてうから『青鞜《せいとう》』を引き継ぐも、大杉栄と出会い愛と革命に身を投じ、甘粕大尉によって大杉とともに虐殺された野枝。彼女を取り巻く乱調の熱気と反逆に彩られた人間模様を描いた。

1964年

1966年、文藝春秋

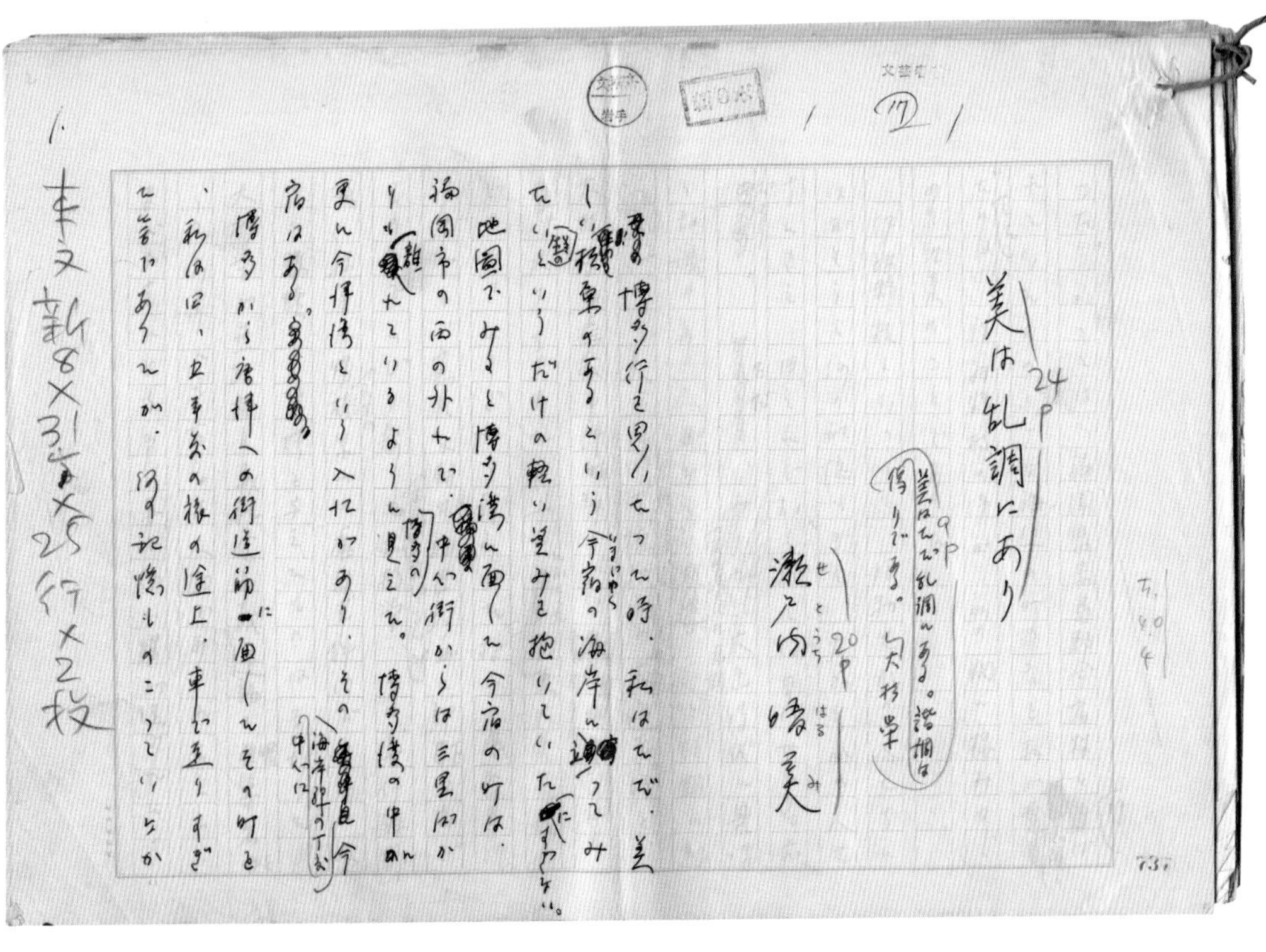
美は乱調にあり
瀬戸内《せとうち》晴美《はるみ》
美は乱調にある。諧調は偽りである。　大杉栄
博多へ行こうと思いたった時、私はただ、美しい松原があるという今宿《いまじゅく》の海岸へ行ってみたいというだけの軽い望みを抱いていたにすぎない。
地図でみると博多湾に面して今宿の町は、福岡市の西の外れで、中心街からは三里ばかり離れているように見えた。博多湾の中ほどに今津湾という入江があり、その海岸に今宿はある。
博多から唐津への街道筋に面してその町を、私は以前、九州の旅の途上、車で走りすぎた筈であるが、何の記憶ものこっていなか
1. 文新8×13×25行×2枚

『美は乱調にあり』自筆原稿

50代

世間を騒がせた得度出家

作家という大輪を咲かせてなお虚しい

伊藤野枝や金子文子ら、烈《はげ》しく生き、若くして死んでいった女性たちを書き終えた晴美は、自身も烈しい生を生ききり、美しい死を選びとりたいという思いにかられるようになります。そのうえで、「小説家になる」という幼い頃からの夢を叶えた今、自分自身が虚しさに直面していることにも気づいていました。

「作家という一つの才能に賭けて、それを大輪の花のように咲かせようと思うのならば、よき母になる、あるいはやり手の経営者になるといった別の才能は蕾のうちに摘まねばならない」

それが、小説家という道で大輪を咲かせるべく、多くを捨ててきた晴美の覚悟でした。

しかし、大輪を手に入れたものの、その虚しさに失望したと語っています。生きるとは、幸福とは何か。そう自問しつつ、宗教者として生き直そうと考えるようになります。自らの文学のバックボーンとなるような思想・哲学を得る

1973年、得度（岩手県天台寺提供）

瀬戸内晴美としての最後の作品『抱擁』

73年1月から『文学界』で連載。愛のいとなみとしての男女の抱擁だが、深みが増すほどに絶望の影が浮かび上がる。最終回を書き上げて得度、出家した。瀬戸内晴美としての最後の仕事ともいえる。

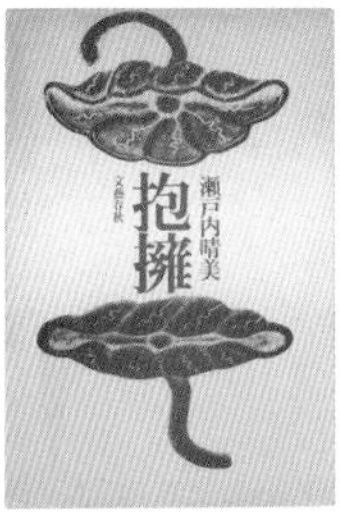

1974年、文藝春秋

1974年

ための決断でした。一方で、出家の理由について「こういう出来事があったから」などという回答はいずれも正解ではない、とも寂聴はのちに語っています。

姿形を変えて二度と振り向かない

得度の直前、夫のもとに置いてきて以来、親子の縁を断たれていた一人娘と20数年ぶりの再会を果たします。しかし、美しく成長した娘の声にも表情にも、生みの親に再会できたという喜びや温もりのある笑顔は見られなかったといいます。4歳の時、突然自分の前から消え去った母に対する当然ともいえる反応でした。

その時すでに、晴美の中では出家の決意が固まっていました。あるいは、剃髪《ていはつ》し尼僧になることで、井上光晴との関係を断ち切ったともいえます。寺の関係者に「私は

自らの思想・哲学を得るための決断。瀬戸内寂聴として新たに生き直す

1972年、出家を意識していたのか当時はよく服を新調していた

1980年、文藝春秋

出家後に書いた男女の愛の形『花情』

出家後、76年から79年にかけて、草月流の機関紙『草月』に連載。日陰の女に献身する庭師が美しく整える垣根の下に、白く咲く水仙など、何らかの花にまつわる女と男の愛の形を深淵から描く短編集。

弱い人間なので、姿形から変えて、もう二度と振り向かないような立場に自分を置かないと」と語ったともいわれています。いずれにしても、世俗のあらゆることを呑《の》み込み、さらなる高みを見つめ、新たに〝生まれ直すこと〟を晴美は決意しました。

60日間の荒行《あらぎょう》と賑《にぎ》やかな寂庵

73年11月14日、岩手県平泉中尊寺にて出家、得度します。師と仰ぐ天台宗僧侶の今東光《こんとうこう》から、彼の法名である「春聴」の一字をもらい、寂聴という名を授かりました。51歳、瀬戸内寂聴の誕生でした。

得度から半年後、74年4月から6月にかけて、比叡山の横川《よかわ》という行院《ぎょういん》に修行に入りました。下界と完全に遮断され、山路を辿って比叡山の麓の寺をすべて回る三塔巡拝や、一日三千回の「三千仏礼

1973年、本郷ハウスにて

1973年

出家前後の様子が克明に描かれた『比《ひ》叡《えい》』

出家前後の自分を小説にしたもので、執筆に5年を費やした。「首根っこを何かにつかまれ、抗しようもなくぐいぐい引っ張られて出家させられた」と、出家へ至る経緯が語られている。比叡山での過酷な修行が克明に記された小説としても稀有。

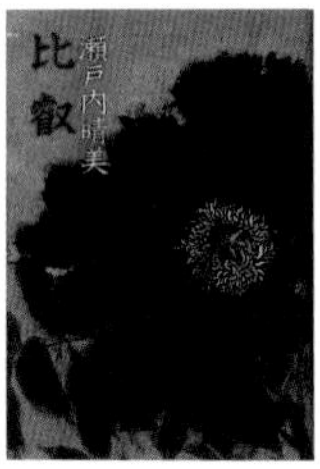

1979年、新潮社

今東光からの遺言には「死ぬまで書け」とあった

拝」、夜中に山の冷気の中で水をかぶる水行《すいぎょう》など、厳しさで有名な天台宗比叡山の60日にわたる修行をやり抜きました。手を使わずに三千回ひれ伏す礼拝で腰は抜けて涙も鼻水も垂れ流し。後半の加行では爪も髪も伸び放題。思い返せばどれもつらい修行でしたが、寂聴は出家していちばん楽しかったのは、仲間たちと行に明け暮れたこの行院の日々だと語っています。

修行を終えた寂聴は、京都の嵯峨野に住まいとする庵《いおり》を建て、ここを「寂庵」としました。親しい友人であった作家・遠藤周作が「瀬戸内さんのような騒々しい人が住んでいて寂庵とは」「騒庵じゃないの」と笑ったとおり、晩年まで寂庵は人の訪れが絶えず、常に賑やかな庵であり続けたのです。

新しく生まれ直した寂聴、師僧である今東光からの遺言には「死ぬまで書け」とありました。

60代 人のために尽くす道

憧れの一遍を描いた『花に問え』

無限の自由を希求する旅館女将と、一遍に終生つき従った尼僧らを交互に描き、現代に生きる人間の目を通して一遍を描いた。人はみな孤独に生まれ孤独に死ぬと説いた一遍は、出家前から寂聴の憧れだった。谷崎潤一郎賞受賞作。

1992年、中央公論社

忘己利他の信条 実践することに情熱

出家以後、寂聴は「忘己利他《もうこりた》」の信条を貫いて生きました。「忘己利他」とは天台宗の開祖・最澄の言葉です。己を忘れて他を利することこそ、人間の愛として最高のものであり、そうした生き方の中にこそ、本当の喜びがある。その言葉を実践することに心を傾けていきます。

81年、故郷の徳島市で「寂聴塾」を開きました。塾は月に1回、1年かけて開催され、文学を中心に社会の出来事や仏教などに触れながら、一人一人が自分の才能を大輪の花として咲かせていくことの大切さを寂聴が熱く語りました。塾生は、応募者の中から選んだ老若男女65人。翌年からは「徳島塾」として、大庭みな子や石牟礼道子、横尾忠則や岡本太郎、梅原猛など、

1990年

寂聴が親しくしている作家や芸術家、学者を毎月招き講演会を開きました。この徳島塾は3年かけて開催され、寂聴の人脈ならではの錚々たる顔ぶれに多くの県民が詰めかけました。

先達の歩みの中に出家の意味を問う

出家したのちも、自分がなぜ仏門に入ったのか、はっきりとした答えを見いだせなかった寂聴は、人生の途中で出家した先達たちはどうだったのかと、その歩みに思いを馳せるようになります。そして、一遍（1239〜89）、良寛（1758〜1831）、西行（1118〜90）、3人にまつわる連載を、3つの雑誌に同時にスタートさせました。

出家してなお、寂聴の筆の勢いは衰えることはなく、むしろその世界の奥行きを広げながら、疾走を続けていったのです。

寂聴は、執筆に際し、その人物のゆかりの地に足を運び、その人が歩いた大地の上を歩くようにしていました。流浪の旅をした西行の足跡を辿り、良寛の最晩年の弟子となった貞心尼《ていしんに》の墓を訪ね、足の裏から大地の記憶を感じ取り、彼らの心を描くインスピレーションにしていったのでしょう。

断食で示す反戦
行動する宗教家

忘己利他を実践する宗教者として、寂聴は精力的に社会にコミットメントしていくようになります。

72年に日本中を釘付けにした「あさま山荘事件」、そこから明らかになった連合赤軍による同志粛清。その最高幹部であった永田洋《ひろ》子《こ》被告の情状証人として、86年、寂聴は東京高等裁判所の証言台に立ちました。被告と文通や面会を

おおらかな良寛の最晩年の姿『手毬』

最晩年の良寛と、師弟の契りを結んだ貞心尼。結婚に破れた貞心尼が、無垢でおおらかな良寛を一途に慕い、やがて母のように最期を看取る。その魂の交歓を温かくも透明感のある筆致で描いた長編。

1991年、新潮社

西行に重ねた文学への執着『白道《びゃくどう》』

あらゆるものを捨てようと行の旅を続けながら、ついに歌を捨てきることができなかった西行の中に、寂聴は自身の最後の煩悩である文学への執着を重ね見た。連載後も5年にわたり推敲《すいこう》を続けてようやく完成。芸術選奨文部大臣賞を受賞。

1995年、講談社

1990年、インドで

原作に隠れた女性たちの言い分『女人源氏物語』

84年から5年間にわたり『本の窓』に連載した。原作に隠れた女性たちの言い分を掘り起こすべく、陰影に富む心理を細やかな筆致で描いている。寂聴は、この連載を終え、70代で満を持して現代語訳『源氏物語』に臨む。

全5巻／1988～89年、小学館

祈りとともになお、精力的に書き行動する日々

続ける中で、「彼女の犯した罪は自分と無縁ではない。この事件に対し、同時代を生きた者として責任がある」という思いに至ったためでした。

　あるいは、91年に湾岸戦争が勃発した際には、戦争の終結を祈り寂庵にて断食を敢行します。8日目には体調を崩して入院しますが、回復した4月、医薬品や粉ミルクなどを戦争被害者に届けるべく戦後のイラクを訪問しました。また、雲仙普賢岳が噴火して大規模火砕流が起きた時には、義援金を集めて被災地に駆けつけます。苦しみの只中にある人に常に寄り添い、行動する宗教者であり続けました。

　寂聴は後進の女子教育にも尽力しました。88年には敦賀女子短期大学の2代目学長に就任、自分で講義を行うだけでなく、徳島塾と同様、友人の作家たちを招き、若い女子学生たちの人生の糧となるような知識と教養を育むべく奮闘しました。女性の新しい生き方を切り拓《ひら》いてきた寂聴だからこその女子教育の実践だったといえます。

1989年5月14日、バースデーパーティー

『青鞜《せいとう》』に集う女性たちの群像小説

40代、『美は乱調にあり』で伊藤野枝を描いたのち、彼女がむごい暴行を受け殺されたことが明らかになり、50代の終わりで続編『諧調は偽りなり』の連載を開始。60代で描いたのは、平塚らいてうが創刊し、野枝が引き継いだ『青鞜』に集う女性たちの群像だった。

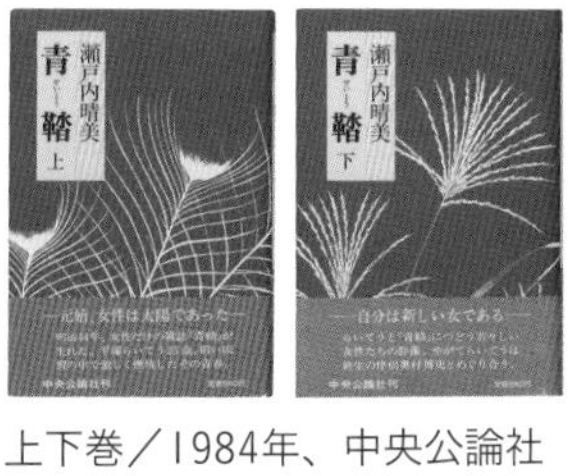

上下巻／1984年、中央公論社

70代
古典ブームを巻き起こす

1992年7月、70歳

現代語訳で新たな『源氏物語』に

70代になった寂聴は、『女人源氏物語』に続き、『源氏物語』の現代語訳に挑みます。県立徳島高等女学校の図書室で与謝野晶子訳の『源氏物語』に出合い、これほど面白い物語があるのかと胸を熱くして読みふけった少女時代の日々ははるか遠くなりましたが、その頃の情熱は少しも失われてはいませんでした。

実に準備だけで10年の歳月を費やし、さらに6年かけて翻訳を進め、98年4月にようやく刊行を果たした『現代語訳　源氏物語』は全10巻。

『源氏物語』の舞台である京都在住の出家者による現代語訳、その初めての試みは、国内外に源氏物語ブームを巻き起こします。完訳の97年に文化功労者に選ばれた寂

源氏物語の現代語訳を成し遂げ 30年ぶりの文学賞も

聴は、海外での講演にも自ら精力的に出向き、古典の魅力を広く国内外に伝えました。この古典ブームが火付け役となり、11月1日が「古典の日」と定められました。

30年ぶりの文学賞受賞が励みに

『源氏物語』現代語訳は知力、体力を削る大仕事でした。70歳になった寂聴は、なんとしても最後まで書き上げるべく、散歩を心がけるなど健康にはことさら気を使うようになります。体力的な衰えに直面することが増える年齢ではありますが、「人は70から本当の仕事ができる」が寂聴の口癖だったといいます。

『夏の終り』で63年に第二回女流文学賞を受賞して以降、さっぱり文学賞に縁のなかった寂聴でしたが、『花に問え』が92年に谷崎潤一郎賞を、同じく『白道』が96年

全10巻／1996～98年、講談社

金字塔を打ち立てた『源氏物語』

「女人源氏物語」の完成後、千年の時を経て今なお普遍的な輝きを失わない『源氏物語』こそ、日本が世界に誇る文化遺産であるとの確信を強め、現代語訳にとりかかる。98年に全10巻が完成すると、源氏ブームが巻き起こった。原文に忠実ながらリズム感のある訳は、朗読公演で披露され、さらに寂聴自ら脚本を手がけた「須磨の巻・明石の巻・京の巻」の歌舞伎や、新作能「夢浮橋」なども生まれた。オペラから人形浄瑠璃まで、さまざまな伝統芸能とのコラボレーションで『源氏物語』を世界へと広めた。

1997年、文化功労者として顕彰される

に芸術選奨文部大臣賞を受賞します。30年ぶりの文学賞受賞は、『源氏物語』現代語訳と格闘していた寂聴にとって、大きな励ましとなったであろうことは想像に難くありません。

この大業を成し遂げたあとも、２０００年に両親の足跡を辿り自身の半生を書いた『場所』の連載をスタートさせるなど、その筆が勢いをゆるめることはありませんでした。

師僧・今東光からの「死ぬまで書け」との遺言どおり、寂聴は僧侶であり作家でもある己の情熱のままに、70歳に至って新たな地平を切り拓いたといえるでしょう。

震災に空爆
平和の祈りは続く

90年代は、湾岸戦争に始まり、阪神・淡路大震災、さらには地下鉄サリン事件など、痛ましい人災や天災が相次いで起きました。

84年に姉を亡くしたその翌年、曼陀羅山寂庵に、道場サガノ・サンガを建立、人々を受け入れるべく門を開いてきた寂聴。時代が厳しさを増す中で、いよいよ祈りと行動に向かう意志を確かなものにしていました。

95年、阪神・淡路大震災の際は寂庵でバザーを開催し義援金を集め、『京都新聞』を通して現地に支援を届けたほか、六甲では被災者と青空対話をしてその声に耳を傾けました。

２００１年、米国中枢を狙った同時多発テロと、その報復としてのアフガン戦争が勃発すると、寂聴は犠牲者追悼とアフガンへの武力攻撃の中止を求め、３日間断食をしました。さらに、仏教徒としてあらゆる武力戦争への反対を表明、思いを同じくする人たちに寂庵での写経を呼びかけると１５０人以上が集まりました。ここで集めた義援金を、アフガンで医療や農業などの人道支援を行っていた中村哲医師の「ペシャワール会」に送りました。平和と反戦の信念に基づいた行動は以後も続きます。

僧侶であり作家でもある己の情熱のままに70歳に至って新たな地平を切り拓いた

2001年、新潮社

土地の記憶と半生を辿る『場所』

父の故郷である香川県引田《ひけた》町黒羽《くれは》から見る南山《なんざん》、母の故郷の多々羅《たたら》川、作家を目指して単身上京した三鷹の街、あるいは再会したＲと暮らした練馬。土地の記憶を辿りながら自分の半生を辿った一冊は野間文芸賞を受賞した。

「人は70から本当の仕事ができる」が寂聴の口癖だった

1993年、桜の頃に

生涯の憧れの頂点『瀬戸内寂聴全集』

1～20巻／2001～02年
21～25巻／2022年、新潮社

2001年から02年にかけて『瀬戸内寂聴全集』全20巻が刊行された。寂聴、79歳。全集の刊行について、寂聴は「およそ物書きを『なりわい』とする者にとって、自分の作品の全集が刊行されることは、夢のまた夢で、生涯の憧れの頂点」と記している。一方で、全集が出た瞬間、「死んでなるものか、この続きを書き上げるまでは！」と胸を震わせたという。その言葉どおり寂聴は書き続け、80歳以降の作品は第2期の全集として、死後の22年6月に全5巻刊行されたのである。

80代
生きることは書くこと

2002年

86歳にして ケータイ小説に投稿

若かりし頃、「子宮作家」というレッテルを貼られ文壇から干されていた寂聴でしたが、いまや作家としての地位は唯一無二、不動のものとなっていました。

２００６年には84歳で文化勲章を受章し、翌年には徳島県県民栄誉賞を受賞、続いて京都市名誉市民に選ばれます。しかし、どのように輝かしい栄誉がもたらされようと、宗教者として、そして作家として一歩一歩ひたむきに前へ進んでいく寂聴の足取りが乱れることはありませんでした。

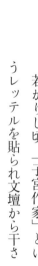

日中は講演や取材、法話などで人と関わる仕事をし、夜中に一人になって初めて、心静かに執筆という最も愛した仕事に向き合います。睡眠時間は削りに削り、求められれば東奔西走、世界と向き合い己と向き合い続けました。

その好奇心は常に瑞々《みずみず》しく外側に向かって開かれていました。08年、86歳の時、当時流行《はや》っていたケータイ小説サイトに「ぱーぷ

輝かしい栄誉がもたらされようと
宗教者、作家として
一歩一歩ひたむきに前へ進んでいく

『釈迦』を加えて全集20巻が完結

80歳になった年に書き終えた長編小説『釈迦』を加えて全集全20巻（第I期）が完成した。80歳を迎えた釈迦が、侍者一人を連れて出た最後の旅で、これまでに邂逅《かいこう》した人々のことを思い出す。涅槃《ねはん》に至る釈迦の言葉が寂聴の筆によって音楽のように綴《つづ》られる。

2002年、新潮社

命と向き合う世阿弥の姿を浮き彫り『秘花』

能の表現に現世とかけ離れた美しさを見いだしていた寂聴が、世阿弥の生涯を描いた作品。72歳で佐渡に流された世阿弥が、これまでの人生を振り返り、老いて目も耳も不自由になりながら命と向き合う姿を浮き彫りにした。

2007年、新潮社

2005年、「寂聴 源氏物語講座」

る」というペンネームで小説『あしたの虹』を投稿します。女子高生の恋愛を描いた作品で、ヒカルというイケメンが登場します。もちろんヒカルは「光源氏」から、そしてペンネームぱーぷるは「紫式部」からつけたもの。寂聴の書き手としての果敢な挑戦とユーモアは、晩年まで衰えることはありませんでした。

圧迫骨折で寝たきり 原発事故で奮起

ほぼ病気知らずだった寂聴に異変が起きたのは88歳の時のことでした。腰椎《ようつい》の圧迫骨折で、半年間京都の寂庵に寝たきりとなります。11年3月、ベッドに寝たままの寂聴はテレビから流れる東日本大震災のニュースに釘付けになりました。寂聴は、１９８７年から岩手県二戸市にある天台宗・天台寺の住職に就任（２００５年に退任）、月一度の法話など荒廃した寺の復興に尽力してきました。寺や檀家のことも気がかりでしたが、翌日に報じられた福島第一原発事故の報道にさらに衝撃を受けます。あまりのショックにいつのまにかベッドを降りて床に仁王立ちになっていたといい、後年「これこそ原発ショック立ち」と語っています。この大惨事に寝てはいられないと死に物狂いでリハビリをこなし、3カ月後、寂聴は被災地に駆けつけていました。天台寺の法話も再開。その後「核と人間は共存できない」という信念のもと、脱原発・再稼働反対の先頭に立つようになっていきました。

03年、朝日新聞に「反対　イラク武力攻撃　瀬戸内寂聴」の意見広告を出したように、組織での運動ではなく常に一人で立ち一人で声を上げる姿勢は変わりませんでした。

自伝的短編集『風景』で泉鏡花賞を受賞

『秘花』以来3年ぶりの作品で、2011年に書き上げた。思いがけない安吾賞の受賞をきっかけに蘇る昔の破滅的な恋、40年前の得度の瞬間に起きたこと。激動の生を生きた寂聴の自伝的短編集で、泉鏡花賞を受賞している。

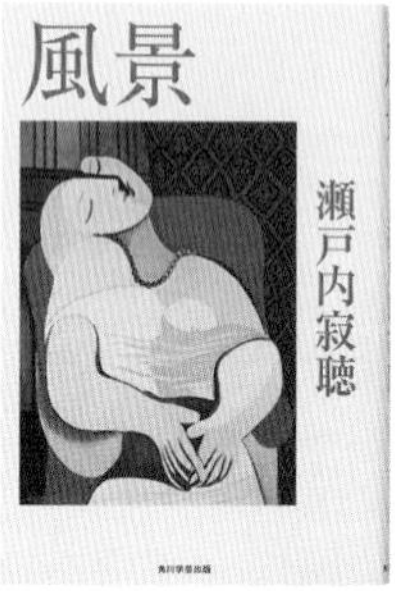

2011年、角川学芸出版

89歳、第39回泉鏡花賞を受賞　©斉藤ユーリ

生きることとは書くこと　東奔西走する日々、睡眠を削ってでも執筆

友への供養の思いも込めた長編小説『爛』

長年の友人が80歳直前に自殺、その供養の思いも込めたという長編小説。83歳の人形作家のもとに、長年の友人の自殺の報が届く。作家は「美意識」に生き「美意識」に死んだ彼女の人生に自分の過去を重ね、女の生と性に思いを馳せる。

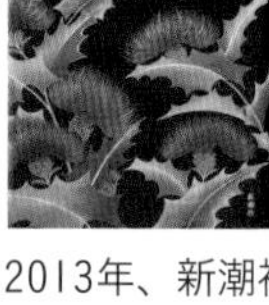

2013年、新潮社

「小説って何をどう書いてもいいのよ」

腰椎圧迫骨折で倒れた10年、寂聴は『新潮』に小説『爛』を連載している最中でした。寝たきりの半年間は連載を中断しましたが、震災後に復活を遂げて再開、小説は完成しました。のちに寂聴は「この年になってわかったけれど、小説って何をどのように書いてもいいんですよ」と語っています。寂聴にとって、生きることは書くこと。60年以上書き続けてようやく見えてきた境地でした。

08年、86歳で安吾賞を受賞。戦後の日本で、人間の皮膚感覚に強烈な問いを投げかける『堕落論』を発表した坂口安吾と、寂聴。どちらも時代の激動期にあって己の感覚に忠実に生きた文学者として、相通じるものがあったに違いありません。

2008年 ©斉藤ユーリ

物故者との奇縁を綴った随想集『奇縁まんだら』(全4巻)

寂聴が、川端康成から三島由紀夫、荒畑寒村、遠藤周作や岡本太郎まで、文学者や思想家ら135名の物故者との奇縁を綴った随想集。彼らとの関わりを通して寂聴の精神史が立ち現れてくる。

2008〜11年、日本経済新聞

90代

命の瀬戸際まで書き続けた

©岡本隆史

2014年、講談社

晩年の新しい生活を綴った随筆『死に支度』

まもなく91歳になろうとする春の朝、長年のスタッフ4人が突然の退職を宣言。孫より若い新入りのモナを秘書として、「私」の新しい生活が始まった。思いがけず、若い秘書との二人三脚となった自分の晩年を、「死」を意識しつつもユーモラスな筆致で描いた。

「生ぜしもひとりなり。死するも独りなり」一遍上人のごとき人生の旅路を終える

車椅子で国会前へ いい戦争などない

90代を迎えた寂聴は、いよいよ思うように体が動かなくなっていましたが、内側から湧き出す情熱が損なわれることはありませんでした。

2012年「さよなら原発10万人集会」には、車椅子に乗った寂聴の姿がありました。14年5月、脊椎《せきつい》の圧迫骨折で入院、さらに胆のうにガンが見つかり全身麻酔で手術を受けます。しかし翌年には、集団的自衛権の行使を容認する安保法改正に反対すべく、車椅子で国会前のデモに駆けつけていました。「いい戦争なんて、絶対にありません。戦争はすべて人殺しです」と国会前でマイクを握る寂聴。かつて『遠い声』の管野須賀子、『美は乱調にあり』『諧調は偽りなり』の伊藤野枝ら、時代に抗って生きた女性たちを小説の中に描き出そうとした時と同じ情熱に突き動かされていたのかもしれません。

晩年まで 複数抱えていた連載

『群像』で小説『死に支度』の連載を始めた時は91歳になっていました。この連載を始める数カ月前、長年勤めてきた寂庵のスタッフ4人がいきなり退職を申し出ます。高齢になった寂聴の体を気遣い、金銭的な負担を少しでも減らし、寂聴が好きな仕事に専念できるように、という心遣いからの申し出でした。そして孫よりも若い66歳年下の新人秘書・瀬尾まなほが一人残ることになります。若い秘書と2人、新しい生活を始めることとなった寂聴は「毎日が死に支度」であると思い定めて、この連載を開始したのでした。

女性作家の愛と性 最後の長編『いのち』

寂聴と同時代の女性作家である河野多恵子と大庭みな子。ともに芥川賞を受賞し互いにライバル心を燃やしていたが、寂聴には2人とも胸の内を見せていた。「私」を含む3人の女性作家の愛と性、そして執筆に命を燃やしたそれぞれの生涯を描く寂聴「最後の長編」。

2017年、講談社

病を得たあとに刊行した9編の短編集『わかれ』

93歳、病を得たあとに刊行した9編からなる短編集。10年あまりかけて紡いだ言葉が、寂聴の人生に交錯してきた人々の姿を浮かび上がらせる。親しい友も愛した男もすでにこの世にいない。死者たちの気配を色濃く漂わせた作品集。

2015年、新潮社

当時は同時進行で『すばる』にも掌編小説の連載を抱えていました。圧迫骨折中の休載期間を含め、およそ3年かけて30編の掌編を書き上げ『求愛』という一冊にまとめます。この掌編小説の連載を終えるとすぐに、16年4月から最後の長編小説となる『いのち』の連載を『群像』誌上でスタートさせます。翌年7月にその連載が終わると、翌18年には同誌で最後の長篇エッセイとなる『その日まで』の連載を開始。亡くなる数カ月前まで続けたこの連載は、逝去後に刊行されました。命の瀬戸際まで書いて書いて書き続けたのです。

©岡本隆史

修羅を生き修羅を書いた人生

「一人一人に大輪の花を咲かせて生きよ」と語りかけながら、自身はひたむきゆえの孤独や絶望と背中合わせに生きていた寂聴。95歳の時、心臓の手術を受けることになり、ベッドに横になる日が続くうちに自分が鬱《うつ》になりかけていることに気づきます。自分の心を明るくするには「書くこと、書いたものが本になること」しかないと

原稿は常に手書きで執筆した

99歳で人生の幕を下ろすまでペンを置くという選択肢はなかった

死の3カ月前の短編『星座のひとつ』

逝去する3カ月前、『新潮』21年9月号に掲載された短編。飛行機を降りるとそこは「あの世」だった。しかし若い秘書とその幼子が現れ軽口を叩《たた》ける「この世」でもあった。すでに寂聴の中で、生者と死者は混じり合っていた。

2021年『新潮』に掲載

改めて思いました。

しかし、今の自分に小説を書く気力はない。そこで初めての句集を作ることを思いつきました。長年書いてきた句から85句を選び、句集『ひとり』を編んだ寂聴は、自分に句の才能などないと思い、自費出版で世に送り出します。愛と祈りのうちに筆を走らせてきた寂聴の、魂の叫びのような句が並び、刊行から1カ月で増刷になりました。

仮の世の修羅書きすすむ霜夜かな

「百年近い生涯、こうして私は苦しい時やつらい時、自分を慰める愉《たの》しいことを見いだしては、自分を慰め生き抜いてきた」と寂聴は記しています。

生きることは書くことであった寂聴にとって、99歳で人生の幕を下ろすまで、ペンを置くという選択肢はなかったのです。

お悩みスッキリ解決！

寂聴さんの人生案内 その1

お悩み

何も成し遂げずに人生を終えることを寂しく感じています

自分以外の人も幸せにしてあげてください

私も若い時には「生きるということは、自分の才能を極限に押し開いて、大きな花を咲かせることだ」と思っていました。自分の中には、自分でもまだ気がついていない、先祖から頂いたいろんな才能があるのだと。

でも出家してからいろいろと考えましたが、人生はそれだけではないですね。なぜこの世に私たちの命が送り出されてきたかというと、それは誰かを幸せにするためなんです。

もちろん、自分も幸せになる権利はありますよ。人権というのはそれでしょ。でもそれだけじゃなくて、自分以外の人も幸せにしてあげる。それがいちばん大きな、人間の生きる目的だと思うんですよ。

天台宗の教えに忘己利他《もうこりた》というものがあります。己の幸せになることはまず脇に置いて、誰か他者——お子さんでも旦那さんでもいいし、被災地の方々でもいいでしょう——そうした人たちの利益になること、幸せになることに力を尽くしてみてはいかがでしょうか。

寂庵・サガノサンガでの法話より（2008年）

お悩みスッキリ解決！

寂聴さんの人生案内
その2

お悩み

最近の流行についていけません。老化の現れでしょうか

あふれる情報に対してちゃんと自分で判断することが大切

今は情報が非常に簡単に行き交うようになったでしょ。私が子どもだった頃は新聞すら読んでいる人が少なかった時代。ラジオがある家なんかほんとに数えるほどしかなくて、現在のように朝から晩まで情報が垂れ流しということはなかったですよ。

だけど、そのほうが良かった気がします。新聞を読めば物知りになったような気がするけど、そんなのはどうでもいいことなの。

あふれる情報に対して、これはつまらないとか、これは宣伝だとかちゃんと自分で判断できることが大切で、それが知恵というものですよ。そういったところをちょっと養ったほうがいいんじゃないかしら。

新聞に書いてあることも３分の１ぐらいはどうでもいいことですし、テレビではもっとくだらないことも多いですね。でもそれが放送されていると、つい見てしまう。

文明が進んでいろいろな機械ができて情報があふれていますが、今はすべてありすぎるわよ。何でもほどほどがいいんです。

寂庵・サガノサンガでの法話より（2008年）

第二章 愛した

亡くなる2年前、当時97歳の寂聴は報道番組のインタビューで「最も伝えたいこと」を問われ、なぜ人間は生まれ、なぜ生きるのかという永遠の疑問について語りました。その答えは「愛するために生まれてきて、愛するために生きている」というものでした。その言葉のとおり、寂聴の生涯は時に激しい、時に穏やかな「愛」に満ちあふれていました。第二章では、寂聴が愛した人、愛した作品、愛した場所など、さまざまな愛をひも解きます。

人は愛するために生まれてきた

1966年

愛に生きた99年
苦楽の末に到達した境地

寂聴の人生のターニングポイントには、いつも「恋」がありました。夫の教え子であった文学青年と恋愛関係になり出奔《しゅっぽん》。また、小説の師と仰いだ小田仁二郎との愛が作家デビューにつながり、出家は作家・井上光晴との不倫愛にピリオドを打つためだったのではないか？　とも言われています。

後年、寂聴は「生きることは、愛すること」と繰り返し説きましたが、言葉で説くだけでなく、全力で人を愛しました。

愛は時に耐えがたい苦しみを生みます。手痛い失敗をしてしまうこともあります。

そうした苦しみを恐れる人たちに向けて、寂聴は「若き日にバラを摘め」という英詩人ロバート・ヘリックの言葉を贈っています。トゲのあるバラを摘むと指が傷つきますが、若いうちならすぐに傷が治る。それと同様に、心の傷も若いうちなら治りやすいという意味の言葉です。

誰かを思う気持ちがあったほうが人生は楽しい

出家後も失わなかった「ときめき」

寂聴は若い頃、幼い子を捨てて不倫に走り、新たなその関係も破綻したことで、世間の逆風を一身に浴びました。しかし、そうした苦しみによって若き寂聴の心は鍛えられ、練り上げられたのです。寂聴は愛から生まれた苦しみが「他者の気持ちを考えられる思いやりを育んだ」と振り返り、思いやりこそ愛であるとして、若い人たちに「怖がらずに行動しましょう」と説きました。

もちろん、愛は若い人たちだけのものではありません。出家後、寂聴はいっさいの性愛を断ち切りましたが、性を伴わない「ときめき」までは失いませんでした。90歳を過ぎても「私はいまでも男に絶望なんかしていません」と公言し、「誰かを思う気持ちがあったほうが人生は楽しい」と語りました。彼女が亡くなるまで若々しくチャーミングであり続けたゆえんは、ここにあるのかもしれません。

晩年の悟り「愛することは許すこと」

寂聴が身を捧げた仏教の根本にも「愛」があります。ですが、寂聴は「自分が惚れたから相手にも私を思ってほしい」という考えは、自己愛でしかないと断じました。

それは仏教では「渇愛《かつあい》」と呼ばれるもので、自分の心が渇いていて、それを潤すために誰かの愛を欲している状態です。

仏教ではもう一つの愛が定義され、それは「慈悲」と呼ばれます。寂聴は「あげっぱなしの愛」とも表現しました。見返りを求めずに相手を思うこと、何かをしてあげることが慈悲です。ただ、これは神様や仏様の愛であって、私たち凡夫《ぼんぷ》は「何かしてあげたらお返しがほしい」という煩悩に生涯にわたって悩まされることになります。

それでも寂聴は「人は愛するために生まれてきた」と説き続けました。晩年には「愛することは許すこと」と悟り、亡くなる前年には自身のメッセージ集の発刊に寄せて「どうか恐れずに恋愛して下さい」「あなたの生きた何よりのあかしの一つです」と愛の大切さを訴えました。その生涯と言葉からは、寂聴が真に「愛の人」であったことがうかがえます。

愛した男たち

作家・瀬戸内晴美の誕生と成長

小田仁二郎と

妻子ある2人の男性との禁断の愛

作家・瀬戸内晴美と僧侶・瀬戸内寂聴の誕生には、妻子ある2人の男性との禁断の愛が大きく関わっているといわれています。

一人は戦後文学の旗手として活躍した小田仁《じん》二郎《じろう》です。同人誌仲間として2人は出会い、文学者としての師弟関係と男女としての不倫関係の中で、寂聴は「小田の唯一人の文学の弟子」を自称するほど影響を受け、作家・瀬戸内晴美として文壇デビューしました。

もう一人は『地の群れ』や『虚構のクレーン』などで知られる作家・井上光晴です。寂聴が44歳の時に講演旅行を共にしたことがきっかけで恋に落ちました。その関係はやがて行き詰まり、１９７３年に寂聴が出家したことで、突然の終止符が打たれたのです。

36歳、小田仁二郎と

小田仁二郎

師弟の絆から男女の愛へと変化

小田は前衛的な表現を駆使した『触手』などで注目された作家で、寂聴は彼の先駆的な作風と独特のセンスに心惹かれ、師弟の絆が男女の愛へと結びつきました。小田は1979年に他界。彼の生誕100年に寄せて、寂聴は2011年に小田の出身地・山形県南陽市の広報誌に「小田仁二郎に出会わなければ、作家瀬戸内晴美は生まれていなかったと断言できます」との言葉を寄せ、絶大な影響を受けたと公言していました。

Rという存在

寂聴は25歳の時、夫の教え子だった4歳年下の文学青年・Rと激しい恋に落ち、家族を捨てて駆け落ちしました。寂聴の自伝的小説『夏の終り』でも、Rは「涼太」の名で登場します。Rから自立を促されたことなどが、本格的に作家を目指すきっかけになったとみられています。その後、寂聴はRが若い女性との結婚話を持ち出したことに深く傷つき、ノイローゼになって自殺未遂を起こしたことも。後年、Rは事業の失敗などの末に自ら命を絶ったとされています。

井上光晴

寂聴が出家したことで突然の終止符

弱者への差別や社会の矛盾などを題材にした多くの作品を残し、晩年の井上に密着したドキュメンタリー映画『全身小説家』(原一男監督)でも知られています。長女の井上荒野《あれの》は、父の不倫相手だった寂聴と親戚のような付き合いを続けました。荒野は直木賞作家となり、2019年に父と寂聴の不倫関係をモチーフにした『あちらにいる鬼』を出版。寂聴は「モデルに書かれた私が読み、傑作だと、感動した名作!!」と称賛しました。

愛した友たち

垣根を越えた多くの交流

生涯にわたって人間を愛した寂聴

生涯にわたって人間を愛した寂聴は、多くの文化人、著名人らと交流を持ちました。

文壇では、一つ年下の遠藤周作と親交が深く、仏門に入る前にキリスト教の洗礼を受けたいと相談していたことがあります。

同時代を生きた女性作家では、河野多惠子、大庭みな子がおり、3人は親友として、時にライバルとして影響を与え合いました。

歴史小説の大家・吉村昭とその妻で芥川賞作家の津村節子、三島由紀夫、吉行淳之介、日本文学者のドナルド・キーン、法名「寂聴」を与えた今東光らと、交流した文壇人は数えきれないほどです。

さらに、芸術家の岡本太郎、息子のような存在だった歌手で俳優の萩原健一ら、さまざまな立場の人たちとも親交を重ねました。

遠藤周作

洗礼を受けたかった晴美に高名な神父を紹介

「第三の新人」の一人に数えられ、名作『海と毒薬』でキリスト教作家としての地位を確立しました。寂聴が出家する前、カトリックの洗礼を受けたいと希望した彼女に高名な神父を紹介しています。結果として寂聴は天台宗を選び、カトリックの遠藤とは信じた宗教は違いましたが、2人は深い絆で結ばれました。互いに硬派な長編小説に取り組むかたわら、軽妙なエッセイやテレビ出演で人を楽しませた生き方などが共通しています。

三島由紀夫

新進作家の三島に送ったファンレター

『金閣寺』『豊饒の海』など日本文学史に数々の名作を残し、1970年11月に自衛隊市ヶ谷駐屯地で壮絶な割腹自殺を遂げました。寂聴は家族を捨てて京都を放浪していた時期、面識のなかった新進作家の三島にファンレターを送りました。三島が「手紙があんまり面白いので、つい返事を書いてしまった」と返信したことで文通が始まり、交流を深めました。三島が亡くなる直前まで、2人の交友は続きました。

吉村夫妻
(吉村昭・津村節子)

同人誌『Z』からの長年の交流

吉村昭は『戦艦武蔵』『関東大震災』など緻密な取材によって構成された記録文学、歴史文学の名作を多く世に送り出しました。寂聴は吉村の妻で作家の津村節子とも親交が深く、2人は互いに少女小説の作家だったという共通点があります。3人の縁は小田仁二郎が主宰した同人誌『Z』に参加したことから始まり、同時代に切磋琢磨《せっさたくま》した作家仲間として、友人として、長年にわたって交流しました。

岡本太郎

「秘書にならないか」と誘われた逸話も

大阪万博のテーマ館「太陽の塔」などで知られる20世紀の日本を代表する芸術家。漫画家の岡本一平、歌人で作家の岡本かの子の間に生まれました。寂聴は、かの子の真実の姿と旧習にとらわれない天衣無縫な生涯を追った伝記小説『かの子撩乱』を著し、それをきっかけに太郎と親しくなりました。「太陽の塔」を制作中だった頃、寂聴は多忙だった太郎から「秘書にならないか」と誘われていたと明かしています。

吉行淳之介

一生忘れられないほどの恩義を感じていた

1954年に『驟雨《しゅうう》』で芥川賞を受賞し、性を主題に人間の本質に迫る作風によって、安岡章太郎、庄野潤三、遠藤周作らとともに「第三の新人」の代表格とされました。寂聴が問題作として騒がれた『花芯』を発表し、マスコミから「必要以上に子宮という言葉が使われている」などと批判され、「子宮作家」と揶揄《やゆ》された際、吉行は円地文子や室生《むろう》犀星《さいせい》とともに寂聴を擁護しました。寂聴は吉行から「いい小説だよ。だからしょげることない」と言ってもらって、一生忘れられないほどの恩義を感じたとのちに振り返っています。

河野多恵子

生涯にわたって強い絆で結ばれていた

デビュー作の『幼児狩り』で注目され、1963年に『蟹』で芥川賞を受賞。谷崎潤一郎を敬愛し、サディズムやマゾヒズムなどの性の世界を独自の観点で描いたことで知られます。河野は同人誌『文学者』時代からの盟友で、寂聴は自身がノイローゼに陥り自殺を図った際、河野に助けられたことがあったと振り返っています。河野には何度か〝手ひどい裏切り〟を受けたとも明かしていますが、河野の夫が海外で手術を受けた時には、経済的に支援するなど、生涯にわたって強い絆で結ばれていました。

大庭みな子

「私がいちばん信頼する立派な小説家」

37歳の時、夫の都合で移住した米アラスカでの生活の中で書いたデビュー作『三匹の蟹』で芥川賞を受賞。帰国後も旺盛な創作活動を続け、1987年から河野多恵子とともに芥川賞初の女性選考委員を務めたことでも知られています。寂聴や河野と筆を競い、良きライバルとして切磋琢磨しました。寂聴は大庭と河野について「私がいちばん信頼する立派な小説家」と評しています。大庭の夫は妻を支えるために出世を捨てて会社を辞めており、寂聴はその献身ぶりを「夫婦関係もユニークでした」と振り返っています。

今《こん》東《とう》光《こう》

法名「寂聴」を東光から授かる

作家であり天台宗大僧正としての功績でも広く知られますが、政治家・易学者・画家などの分野でも多才ぶりを発揮しました。51歳の時、東光に出家を申し出た寂聴。そこで東光が自身の法名「春聴」から春の字を与えようとしたところ、寂聴が「私はもう春には飽きて出家するんですから、聴をください」と返したという逸話が残っています。結果、東光は「出離者《しゅつりしゃ》は寂なるか梵音《ぼんのん》を聴く」という言葉にちなんだ法名「寂聴」を授けました。

萩原健一

「お母さん」と呼ぶほど寂聴を慕っていた

ザ・テンプターズのボーカルとしてデビューし、「ショーケン」の愛称で親しまれ、ドラマ「太陽にほえろ!」「傷だらけの天使」などで俳優としても活躍。トラブルメーカーとしても知られ、破天荒な生涯を送りました。萩原が68歳で亡くなるまで、寂聴との縁は約40年にわたって続きました。1983年に大麻所持で逮捕された萩原は、判決が出た翌日に寂聴を頼って「寂庵」を訪れ、剃髪《ていはつ》。「お母さん」と呼ぶほどまでに寂聴を慕い、寂聴も萩原を息子同然にかわいがりました。

ドナルド・キーン

何時間も話し込むほど心を通わせる間柄

米ニューヨークに生まれ、18歳の時に『源氏物語』に感動したことをきっかけに、日本文化や日本文学にのめり込み、日本文学研究の第一人者となりました。東日本大震災をきっかけに帰化し、96歳で都内にて亡くなりました。寂聴とキーンはともに1922年生まれで、寂聴が『源氏物語』の現代語訳に取り組んでいた頃に親しくなりました。以来、ひとたび顔を合わせれば何時間も話し込んでしまうほど心を通わせる間柄となり、２人の軽妙な対談は人気を博しました。

恋と革命に生きた女たち

「新しい女」たちへの愛情と共感

「女の自由とは」という根源的なメッセージ

寂聴は生涯を通じて、因習にとらわれずに苛烈に闘い、激しい恋と革命に生きた「新しい女」たちに愛情と共感を寄せていました。

恋と闘いに命を燃やした女性たちは寂聴の作品の題材になり、多くの傑作が生まれました。

女性の解放を官能的な筆致で描いた作家の田村俊子、関東大震災の混乱に乗じて大杉栄らとともに惨殺された女性解放活動家の伊藤野枝、女性に参政権すらなかった時代に「元始、女性は太陽であった」と女権宣言した作家で社会運動家の平塚らいてう、芸術家・岡本太郎の母で世俗の常識を超えた自由奔放な人生を送った歌人で作家の岡本かの子など、寂聴は彼女たちの壮絶な生きざまを見つめ、深く掘り下げました。寂聴が残した作品は、現代を生きる女性たちに「女の自由とは」という根源的なメッセージを問いかけています。

伊藤野枝

嵐のような生涯を駆け抜けた女

故郷で親の決めた相手と結婚し、わずか9日で出奔。女学校時代の恩師・辻潤の家に転がり込んで結婚しました。平塚らいてうが創刊した雑誌『青鞜』に参加し、やがてアナキストの大杉栄に傾倒。夫や子どもを捨てて大杉と同棲し、大杉とその妻、もう一人の愛人・神近市子を含めた四角関係となり、野枝に嫉妬した愛人が大杉を刺す事件にまで発展しました。当時としては画期的な「結婚制度の否定」などを訴えましたが、関東大震災直後に大杉らとともに憲兵に虐殺されました。28歳没。寂聴は『美は乱調にあり』『諧調は偽りなり』（ともに文藝春秋）で、野枝と大杉の生に迫っています。

平塚らいてう

女性解放をリードした新しい女

作家の森田草平と心中未遂事件を起こして物議を醸したあと、女性による女性のための雑誌『青鞜』を創刊。巻頭に「元始、女性は実に太陽であった」で始まる発刊の辞を寄せ、その言動は「新しい女」として注目された一方、批判の的にもなりました。女性の自立と母性の保護をめぐる、与謝野晶子との「母性保護論争」でも知られます。従来の結婚制度に疑問を呈し、大正期に５歳年下の画家・奥村博史と法律によらない「夫婦別姓の事実婚」を実行。当時の常識を覆すような先進性でした。寂聴は『青鞜上・下』（中央公論社）などで平塚の激しい青春と闘いを描いています。

金子文《ふみ》子《こ》

大逆罪で死刑判決を受けた23歳の壮絶

父親と母親が入籍していなかったことから無籍者として生まれ、貧困の中で周囲の大人たちに虐《しいた》げられる壮絶な環境で育ちました。大正末期、「天皇・皇太子を殺害しようとした」として、パートナーの朝鮮人活動家・朴烈《ぼくれつ》とともに大逆罪で死刑判決（無期懲役に減刑）を受け、23歳で獄中自殺。この事件については、でっち上げられたものだとの説も根強くあります。寂聴は裁判記録や取材を織り交ぜながら、その23年の生涯を『余白の春』（中央公論社）としてまとめました。

田村俊子

自由を求めて国境や旧習を飛び越えた女

幸田露伴に師事し、同門の田村松魚と結婚。一時女優を目指しましたが小説に復帰し、官能的な筆致の『木乃伊《ミイラ》の口紅』などで人気作家となりました。しかし、生活面は浪費癖や奔放さが原因で行き詰まり、松魚と離婚。愛人のジャーナリスト・鈴木悦を追ってカナダに渡り、同地で再婚しました。鈴木の死に伴って帰国後、上海に渡って婦人雑誌『女声』を創刊するなどしましたが、終戦直前に現地で客死しました。寂聴は俊子の足跡を辿り、評伝『田村俊子』（文藝春秋新社）を著しています。

岡本かの子

偉大な芸術家を生んだ恋多き女

岡本太郎の母としても知られる歌人で小説家。女学校時代から短歌や詩の才能を発揮し、与謝野晶子の新詩社に参加。『明星』などに作品を発表しました。21歳の時に漫画家の岡本一平と結婚し、一平の放蕩に苦しみましたが、やがてかの子も若い男性と恋に落ち、一平の公認で愛人を一つ屋根の下に住まわせる「奇妙な夫婦生活」を送るなどして、世間から好奇の目で見られました。「恋多き女」として生きた一方、仏教研究や小説で評価を得ましたが、49歳で早世しました。寂聴は評伝小説『かの子撩乱』（講談社）で、その稀有な生涯を追っています。

古典の女君《おんなぎみ》たち

抑圧された世界で 激しく、強く生きた

強靭《きょうじん》な意思と 情熱を持つ 女性たちを深く敬愛

ごく最近まで、女性が強い感情や意思を示すことをよしとしない風潮があり、世間からの目に見えないプレッシャーがありました。

古典の時代ならなおさらのはずですが、そのように女性が抑圧されていた世界で、激しく、強く生きた女性たちがいます。

少女時代から古典に親しみ、作家となってからは現代語訳や小説化などに意欲的に取り組んでいた寂聴は、強靭な意思と情熱を持った女性たちを深く敬愛しました。

寂聴がとりわけ関心を寄せたのは、天智天皇と天武天皇の兄弟の間で揺れ動いた額田王《ぬかたのおおきみ》、平安の世に「恋多き女」として優れた恋歌を多く残した和泉式部《いずみしきぶ》、変わり者扱いされても強く自分を持ち続けた虫めづる姫君、嫉妬心をさらけ出して見事に作品として昇華させた藤原道綱《みちつな》の母といった、古典世界の女性たちでした。

額田《ぬかたの》王《おおきみ》

兄弟の間で揺れ動いた万葉の才媛

額田王は『万葉集』随一の女流歌人。はじめに大海人皇子《おおあまのみこ》（のちの天武天皇）に嫁ぎ、何らかの経緯で引き裂かれ、その兄の天智天皇に召されたとされています。有名な「あかねさす紫野行き標野《しめの》行き野守は見ずや君が袖振る」の和歌は、天智天皇に召されたあとも大海人皇子が袖を振って（当時の求愛行為）愛情を示してきたことを意味するとされ、日本最古の「三角関係の物語」と考えられています。これを歌に詠《よ》んでしまう額田王も大胆です。寂聴は少女時代、この美しい秘密の恋の歌に触れ、心を揺さぶられたことを明かしています。

和泉式部《いずみしきぶ》

「浮かれ女《め》」と呼ばれた恋多き歌人

和泉式部は平安時代の歌人。20歳前後で橘道《たちばなのみち》貞《さだ》と結婚し、娘をもうけましたが、冷泉天皇の第3皇子・為尊《ためたか》親王と関係を持ち、道貞と離婚。為尊親王が病死すると、その弟の敦道《あつみち》親王に求愛されましたが、またも死別しました。その後も藤原保昌と再婚するなど一生を恋愛に終始し、敦道親王との情熱的な恋愛を主題にした『和泉式部日記』などを残しました。藤原道長から「浮かれ女」と好色ぶりをからかわれたとの逸話もありますが、寂聴は「小さな道徳の枠からはみ出すほどゆたかな愛と女らしさを持っていた」と彼女を評しています。

虫めづる姫君

自然体の姿を貫いた痛快な姫君

虫めづる姫君は、平安後期以降に成立した『堤中納言《つつみちゅうなごん》物語』に収録された短編小説の主人公です。虫を愛《め》でる若き姫君で、当時の上流階級の子女の間では常識だった引眉《ひきまゆ》やお歯黒をせず、虫を観察しやすいように髪を耳にかけ、この時代の男性がよくはいていた白い袴を身に着けていました。世間から変人扱いされ、姫君に興味を持った貴公子からは「化粧したら美人なのに」と嘆かれますが、彼女は意に介しません。寂聴は「世間の低俗な目」を気にせず、自分の信念に従って生きる姫君の姿を「何と愉快ではありませんか」と語っています。

道綱《みちつな》の母

実名がわからない才色兼備の平安歌人

平安中期の歌人・藤原道綱母は、実名がわからないことから息子の道綱の母として伝わっています。20歳頃、たぐいまれな美貌と歌の才能を気に入られ、右大臣・藤原師《もろ》輔《すけ》の三男・兼家と結婚しました。しかし、兼家には数人の妻がおり、新しい女性の出現などもあって来訪が途絶えがちに。プライドをずたずたにされた道綱母は、40歳頃までの約20年間にわたる夫への恨みつらみと複雑な愛情、執着心を込めた『蜻蛉《かげろう》日記』を著しました。寂聴は「自分のいやな性格を、真向からつき放して描ききっている」と同作品を評しています。

源氏物語の女君たち

個性にあふれ、生き生きと物語を彩る

物語の根底に「女人成仏の悲願」

世界最古の長編恋愛小説とされる『源氏物語』は、平安中期に紫式部の手によって生まれました。時の権力者・藤原道長がモデルではないかともいわれるプレイボーイの主人公・光源氏を中心に、さまざまな恋物語や多彩な登場人物、当時の文化や信仰などが描かれ、海外でも高く評価されています。

寂聴が魅了され、気品あふれる現代語に訳した『源氏物語』は、多くの人に親しまれました。とりわけ、寂聴は物語に登場する女君たちを愛し、物語の根底に「女人成仏の悲願」を見いだしました。

源氏の心変わりに苦悩して生霊となった六条御息所、奔放で情熱的な朧月夜など、寂聴が愛した女君たちは個性にあふれ、生き生きと物語を彩っています。

六条御息所《ろくじょうのみやすどころ》

「嫉妬」から鬼を超えて生霊になる

「嫉妬」は、時に女を鬼に変えます。鬼を超えて生霊《いきりょう》になってしまったのが六条御息所です。身分が高く美貌と教養を兼ね備えた年上の彼女の虜になった源氏。しかし、次第に源氏の足は遠のき、ほかの女君に情をかけるように。プライドが高い六条御息所は激しく嫉妬。自分でも知らぬ間に生霊となり、源氏の子を生んだ正妻・葵の上をとり殺します。一般的には「嫉妬深く恐ろしい女」という印象ですが、寂聴は「これほど知性も教養もある女性でも、そういう迷い方をするのか」と深く共鳴し、源氏物語の中で最も好きなヒロインと公言しました。

朧月夜《おぼろづきよ》

恋愛の苦しみから逃れるために出家

朧月夜は奔放で情熱的な性格で、源氏物語の中でも特に異彩を放っている女性です。彼女は東宮（のちの朱雀帝《すざくてい》）の寵愛《ちょうあい》を一身に受けながらも、その異母弟である光源氏と密会を重ねました。どのような状況になっても光源氏への思いを保ち続け、この時代には珍しいストレートな感情表現をする女性でした。しかし、最後は光源氏にも告げずに出家し、物語から退場します。寂聴は朧月夜の華やかさと意思の強さを愛し、そんな彼女でも恋愛の苦しみから逃れるために出家したことに関心を寄せていました。

紫の上

事実上の妻として 物語の最大のヒロイン

紫の上は、源氏の継母でありながら「最愛の女性」でもあった藤壺の姪《めい》にあたる少女でした。10歳頃、藤壺の面影を見いだした源氏に引き取られ、容姿、性格、教養などすべてにおいて欠点のない「理想の女性」として、掌中の珠と慈《いつく》しみ育てられました。思惑どおり、紫の上は完璧な女性に成長し、事実上の妻として物語の最大のヒロインとなりました。しかし、源氏にとって紫の上は「亡母の面影を持った藤壺の代わり」という複雑な面がありました。やがて、女三の宮の降嫁によって正妻の座を奪われた紫の上は、出家を切望しながら病死します。

愛した場所

生涯に深く関わった地

寂聴が少女時代を過ごし
生涯にわたって愛し続けたふるさと

徳島

阿波おどり

1971年

寂聴の実家の仏壇店「瀬戸内神仏具店」があり、寂聴は帰省するたびに店のことを気にかけ、お客さんとの対話を楽しみにしていました。同店は寂聴にまつわる品なども扱っており、ファンにとっての「聖地」の一つになっています。また、母とゆかりが深い多々羅《たたら》川などの自然にも特別な思いがありました。寂聴は土地だけでなく徳島が誇る伝統芸能「阿波おどり」も愛し、袈裟姿で見事な「男踊り」を披露して、見物に集まっていた人々を沸かせたこともありました。

安住することのない場所への想い

寂聴が三谷晴美としてこの世に生を受け、さまざまな波乱を経た末に仏の道を歩むまで、彼女はその生涯に深く関わった思い出深い場所を愛しました。

徳島の仏壇店の次女として生まれた寂聴は、ふるさとをとても大事にしていました。

また、京都も寂聴にとって大切な場所で、自宅兼事務所の寂庵や作品の舞台にもなった祇園などがあります。寂聴は生前に徳島、京都の寂庵、岩手の天台寺での分骨を切望しました。

一方、〝引っ越し魔〟で転居を繰り返していたことでも知られます。

海外では、憧れ続けたフランスの女性作家、フランソワーズ・サガンが暮らしたパリが寂聴にとって特別な場所でした。

寂聴は徳島市の塀裏《へうら》町（現在の幸町）に生まれ、夫の任地だった北京に渡って敗戦で引き上げて帰国し、一家で上京するなど若い頃からさまざまな場所を転々としました。京都に「寂庵」を構えるまで、寂聴は「引っ越し魔」だったことで知られます。平均2年ごと、40回以上も引っ越しを繰り返し、同じマンション内で6回も引っ越したこともあったといいます。寂聴はその理由について「一つ所にいると、その土地の精気を全部吸いあげてしまったような気分になり、仕事の気力が萎《な》えてくる」と語り、寂庵を開いてからも仕事場を転々と替えました。

練馬

暮らした街

40回以上も転居を繰り返していた「引っ越し魔」だった

中野

拠点の「寂庵」を構え
その文化と歴史を
愛した千年の都

京都

1975年

御池にて

現在の寂庵

寂聴は1974年に嵯峨野に「寂庵」を開き、晩年まで続いた法話には全国から多くの人々が訪れました。いつもにぎやかだったため、友人の遠藤周作が「騒庵ではないか」と評した逸話もあります。ここを拠点に各地の講演にも出かけ、京都は寂聴にとってなくてはならない「帰る場所」でした。また、寂聴が愛した祇園は女たちが強く生きた土地でもありました。お茶屋の女将らと長年にわたって交流し、祇園に生きる女たちの情と恋を描いた小説『京まんだら』のモデルにもしています。

愛したもの

慈しみの片鱗

万年筆と原稿用紙

晩年まで手にしていた
作家・瀬戸内寂聴の愛用品

生涯にわたって原稿はすべて手書きでした。万年筆はパイロット製、インクはモンブランというこだわりがあり、書き間違いもすべて直筆で修正しました。かなり体力のいる作業だったと考えられます。

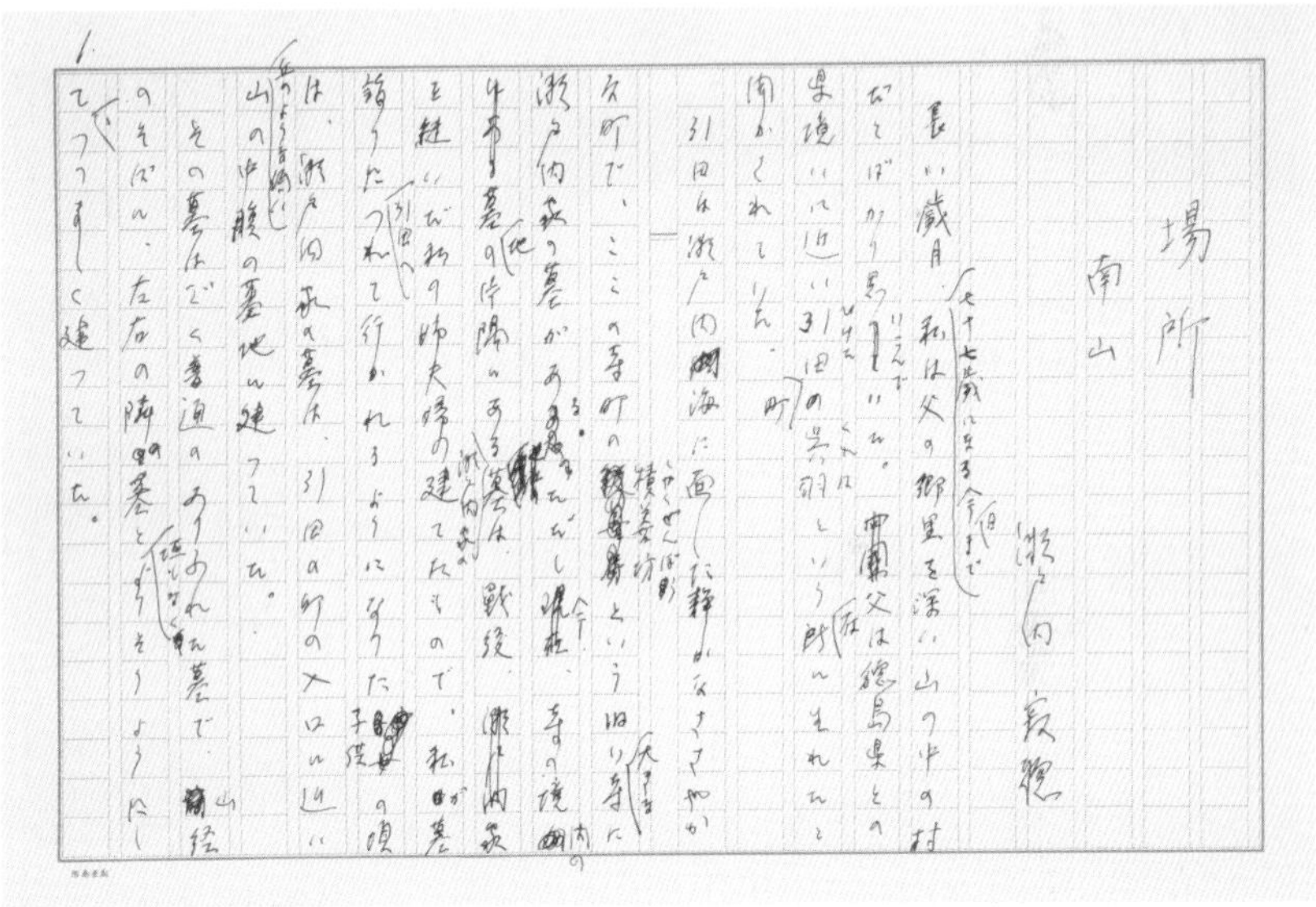
場所
南山
瀬戸内寂聴

『場所（南山）』の原稿

寂聴の人生を彩った愛着の深かったものたち

寂聴はその人生において、たくさんのものを愛しました。

書きに書いた作家人生を支えた万年筆と原稿用紙は、世間にパソコンが普及してからも「機械オンチ」を自称した寂聴にとって、欠かせない仕事道具でした。

大好きだった着物や、自らの手で彫っていた穏やかな表情の木仏や石仏、幼い頃から親しんでいた人形浄瑠璃など、さまざまなものを愛し、そのどれもが寂聴を形成する大事な要素となっていました。

食にも寂聴の人間性と元気の秘訣が表れており、晩年に至るまで食欲は旺盛で、食べることを楽しみ、食という行為を愛しました。

寂聴が愛したもの、その貴重な写真などを通して、愛に満ちた生涯に触れていきます。

着物

着物のはぎれ屏風

得度式の帯、佐賀錦

出家するまでは
着物のおしゃれを楽しむ

出家する前、寂聴は着物でおしゃれするのが大好きでした。その思い出の着物たちの端切れを集めた屏風が残っています。人生の転換点となった得度式では、その決意を表すかのような着物をまといました。

得度式に着た着物、色留袖

浄瑠璃

幼少期に触れた
人形浄瑠璃《じょうるり》の美に
魅了される

寂聴は幼い頃から浄瑠璃を愛し、故郷・徳島のために人形浄瑠璃の原作を執筆しました。

仏様

仏様を心から愛し、自らの手で彫り出した

仏を彫る

寂聴は指物職人だった父の血を引き、繊細な仏の表情や手の形を器用に彫りました。

寂聴作、地蔵

寂聴作、石仏

食

食は長寿の秘訣 元気の源だった 食べ物たち

寂聴の好物はお肉とすっぽん。特に京都の老舗「大市《だいいち》」のすっぽん鍋を愛しました。酒の肴《さかな》として、からすみ、ばちこなどもお気に入り。晩年はフルーツを好みましたが、ステーキやすき焼きなどもよく食べていました。

お悩みスッキリ解決！

寂聴さんの人生案内 その3

お悩み

定年後の夫に嫌気がさし、熟年離婚を考えています

愛というのは相手を許すことです

もともとは他人同士が一緒になったものですから、何かの拍子で関係が壊れるのも当たり前よね。子どもができたら、子どもが鎹《かすがい》になって夫婦も別れないで済むかもしれませんが……。

やっぱり家庭というのは油断をすればすぐに壊れるもので、永久に壊れないものと考えるのは間違っていると思います。つくったものだから、いつかは壊れますよ。

でもまあ、もうちょっとだけ辛抱してみてはどうかしら。愛というのは相手を許すことですから。

家だって屋根が傷んだら瓦を補修するでしょう。だから家庭というものについても常に「どこかに綻《ほころ》びはないか」とよく調べて、そして補強補修をしなければいけないんじゃないかしら。

ただ、今は昔と違って、女も男と同じように仕事ができるから、別れたって平気でしょう。だから男も、もっと緊張感を持たないとね。

寂庵・サガノサンガでの法話より（2008年）

お悩みスッキリ解決！

寂聴さんの人生案内
その4

お悩み

立て続けに不幸が重なります。先祖供養などが必要ですか？

不幸というものはなぜか連れ立ってくるもの

ご先祖様の供養はしたほうがいいけれど、それをしないから不幸が重なるわけじゃありませんよ。不幸というものはなぜか連れ立ってくるもので、嫌なことが起こる年には次々と嫌なことが起こるんですね。

そうかと思うと、良いことも必ず連れ立ってくる。世の中って自分の思うようにならないものなのね。そういう矛盾相克があるから、私たちは「なぜそういうことがあるのか」と考えるの。そうして頭の良い人が一生懸命考えて、哲学というものが生まれる。そして、そういうことを後世のために書き残しておきたい、ということで文学が生まれる。

何にもなかったら、きっと人は寝ているばかりでそういうことをしないでしょう。「どうしてこんなことがあるんだろう」と思うからこそ、いろいろなことを考えるんですよ。

だから「不幸だわ」ということが重なっても絶望をしないで「またすぐに様子は変わる」と考えて。そして、その間はじっと辛抱するの。人生には辛抱しなくちゃいけないことがたくさんあるんです。耐えることを仏教では忍辱《にんにく》と言います。だからそれも仏教の修行の一つと思ってください。

寂庵・サガノサンガでの法話より（2011年）

第三章 祈った

表現者として魂を削るように言葉を紡いできた寂聴が辿り着いたのは、仏教者としての新たな境地でした。

「あらゆることは仏さんにお任せ」したことで心の自由を手に入れた寂聴は、内側からほとばしる情熱で世の中を切り結ぶ皮膚感覚を失うことなく、祈りの言葉で世界と対峙《たいじ》し続けます。

被災地での法話

命の言葉に満ちた反骨の祈り

心の自由を手にし、人に寄り添い励ますことに尽力

1973年11月14日、51歳の寂聴は岩手県平泉の中尊寺で得度、師僧の今東光《こんとうこう》から「寂聴」の法名を授かります。翌年には、京都の嵯峨野に「寂庵」を結びました。宗教者として新しい「生」を生き直す日々は、なぜ自分が出家したのか、その自問の繰り返しだったとのちに寂聴は回想しています。良寛、西行、一遍ら、実在の出家者たちを描いた作品は、そうした自問の中から生まれました。一遍を描いた小説『花に問え』は、現代を生きる人の目を通すことで新たな一遍像を浮き彫りにし、谷崎潤一郎賞を受賞します。しかし、こうした評価や栄誉も、

天にも地にもただ一つ かけがえのない命の尊さ

寂聴にとってあまり意味のないものでした。「かつては人からの毀誉《きよ》褒貶《ほうへん》が気になっていたけれど、出家後は、すべて仏さんにお任せした」と思えたことで、あらゆることから解放されたといいます。結果として「出家の意味など、わかるはずもないしわかる必要もない」という境地に至りました。

　心の自由を手に入れた寂聴は、作家としてますます旺盛にペンをふるう一方で、寂庵「サガノ・サンガ」での月1回の法話をはじめ、故郷徳島での「徳島塾」開講や鳴門市の「ナルト・サンガ」開庵、荒廃した岩手県天台寺の住職として復興に力を尽くすなど、宗教者として人に寄り添い言葉を尽くして励ますことに力を注ぎます。

　一方で、祈るだけでなく行動する反骨の宗教家でもありました。愛と革命のために命を賭けた伊藤野枝、管野須賀子らに共鳴したのも、寂聴の内に人の自由を抑圧するものへの本能的な怒りがあったからでしょう。連合赤軍事件の死刑囚・永田洋子《ひろこ》の裁判での証人や徳島ラジオ商殺し事件で有罪になり服役した冨士茂子（死後に無罪確定）の再審請求支援など、偏見や拒絶によって沈黙を強いられた人々の声に耳を傾けました。世紀の大発見から一転、不正疑惑の渦中に叩き込まれた科学者・小保方《おぼかた》晴子らへの温かな眼差しもその延長にあったはずです。

孤独の絶望を知るからこそ 他者と痛みを分かち合える

「一人一人の命は、天にも地にもただ一つ、かけがえのない尊いもの」という信念のもと、死刑制度から戦争まで、人が人の命を奪うあらゆる行為に対して反対の意思を表明し続けました。湾岸戦争やアフガン空爆の際は抗議の断食を決行、集団的自衛権の行使を容認する安保法改正に反対するデモが行われると、車椅子で国会前に駆けつけ「戦争にいい戦争はありません。すべて人殺しです」とスピーチしました。

　また、寂聴が晩年に力を入れていたのは、性的搾取やＤＶのサバイバーである少女たちを支える「若草プロジェクト」。都内の小さな一軒家に少女たちの居場所をつくり、その苦しみに寄り添い「希望を失わないで生きてください。まもなく死ぬ私の最後のお願いです」と語りかけました。

「生ぜしも独りなり、死するも独りなり。されば、人と共に住するも独りなり、そいはつべき人なき故なり　一遍」

　孤独の絶望を知る寂聴だからこそ、他者の痛みや悲しみに寄り添い、そっと傷をさすることができたのでしょう。まさに一遍上人のごとき命の言葉に満ちた生涯でした。

生きづらいあなたへ

私が死んでも私の話を思い出してくれる。
それが生きるということなのね。
生きるというのは、
いろんな縁が結ばれるということなんです

生きるということはいろんな人と会うこと。いろんな書物と会うこと。いろんな出来事と会うことです。いったん出会って縁が結ばれたなら、その縁はずっと続いて切れません。結婚しても離縁する人はいますが、それでいったん結んだ縁を切ったつもりでも実は切れていない。とても強いものなのです。

〈続元気法話一〉より

今日が雨だから
明日もそうかしらって、
そんなことを思ってても
お天道様の勝手でしょう。
明日がどうなるかは
わからないですよ

人間の不幸も幸せも防ぐことができません。それが運命というものです。そういうことがあると覚悟しておきましょう。生きている間にいろいろありますが、それにとらわれて、いつまでもグジグジ思っていてもしょうがない。「嫌なことがあったから明日もあるのかしら」などと自分勝手に思い悩んでいても、実際どうなるかはわからないのです。

〈続元気法話二〉より

幸せは
ニコニコした顔が好きなの。
だから、なんでもいいから
ニコニコしましょう

仏教では「和顔施《わがんせ》」と言って、これは人に会ったらニコニコしましょうということです。朝起きたら「おはようございます」と嫌な姑にも自分から声を掛けてニコっとする。一週間も二週間も続ければ、向こうもつい釣られ「おはよう」とニコニコするようになるものです。

〈続元気法話一〉より

今日が最後だと思って暮らしているんです。だからとても楽しいですよ

今日が最後だと思えば「あれも食べておこう」「これも見ておこう」と毎日をワクワクしながら過ごせます。今日が最後と思えば、愛する人に惜しみなく愛を与えることもできるでしょう。とにかく充実した生き方をしていれば、明日の朝に目が覚めなくてもいいと思うことができるはずです。

〈続元気法話二〉より

長生きするというのは、一人になること、孤独になるということです。それは覚悟しておいたほうがいい

長生きすれば、どんどん知人は亡くなっていきます。でも人は生まれた時から死ぬまで、誰かと一緒にいても孤独なのです。自分は一人で寂しいから、愛する人が欲しいし、肌で温め合う人が欲しくなるのです。そういう人がいるのは有難いことで、だから縁があって仲良くなった人は大切にしましょう。

〈いのちの説法第二話〉より

自分の歳を考えないことね。50も60も70もなんともないと思ってらっしゃい。そうすると歳はとらないですよ

戸籍の歳を考えないこと。そして自分のしたいことをいつも何かやろうという意欲を持つこと。好奇心を失わないこと。これが一番の元気の秘訣です。新しいことをやって失敗しても、自分が好きでやることは自分で責任を取ろうという前向きな気持ちになれば、いくつになっても新しいことにチャレンジできます。

〈いのちの説法第一話〉より

撮影／石川奈都子

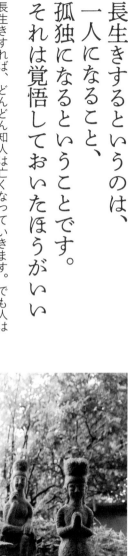

お金はありすぎると不幸のもとです

お金がないと私たちは生きていかれないのだからお金は必要です。でもお金の山が目の前にあれば、みんな飢えた獣のようにあさましく摑みかかります。遺産相続はその典型で、それだったらないほうがいい。飢えて死んでいく子が今この時間にもたくさんいるということを少しでも考えてみてください。

〈寂ちゃん 今伝えたい言葉〉より

文学なんてお腹の足しにもならないけど、それがないと生きている意味がわからない

子どもの頃には「いいことをしたらいい目に遭うし、悪いことをしたらバチが当たる」と教わりましたが、そんなことはありません。悪いことをした人が儲けたり、真面目な人が苦労したりしています。世の中はそのような矛盾だらけです。それはなぜなのか。一生懸命考えて、わかりやすく文章にして生まれたのが文学なのです。

〈いのちの説法第六話〉より

先の「想定外」を心配しないで、運命に勢いよく飛び込んだほうがいいと思いますよ。それでダメだったらやり直しをすればいい

人間の考えの及ばないようなことが起こった時に、どうやってそこに対処して自分を保つか。これを考えるのが哲学で、そこから救いを見いだすのが宗教です。自分一人でいろいろ心配するよりも、感じるままに行動してみればいい。それでダメでもやり直しのチャンスは2、3回ぐらいあるものです。

〈いのちの説法第六話〉より

仏教では守れないことばかりを「しちゃいけない」と言うんです。でも悪口を言いながら食べるご飯はおいしいの

仏教には「これはやってはいけない」という十の戒律があります。「ウソをつかない」「悪口を言わない」「酒を飲まない」などです。しかしお釈迦様は人がそれを守れないことを知っていたような気がします。自分が戒律さえ守れないダメな人間だということを自覚させようとしていたのではないでしょうか。

〈いのちの説法第三話〉より

「ナズナ」

青空

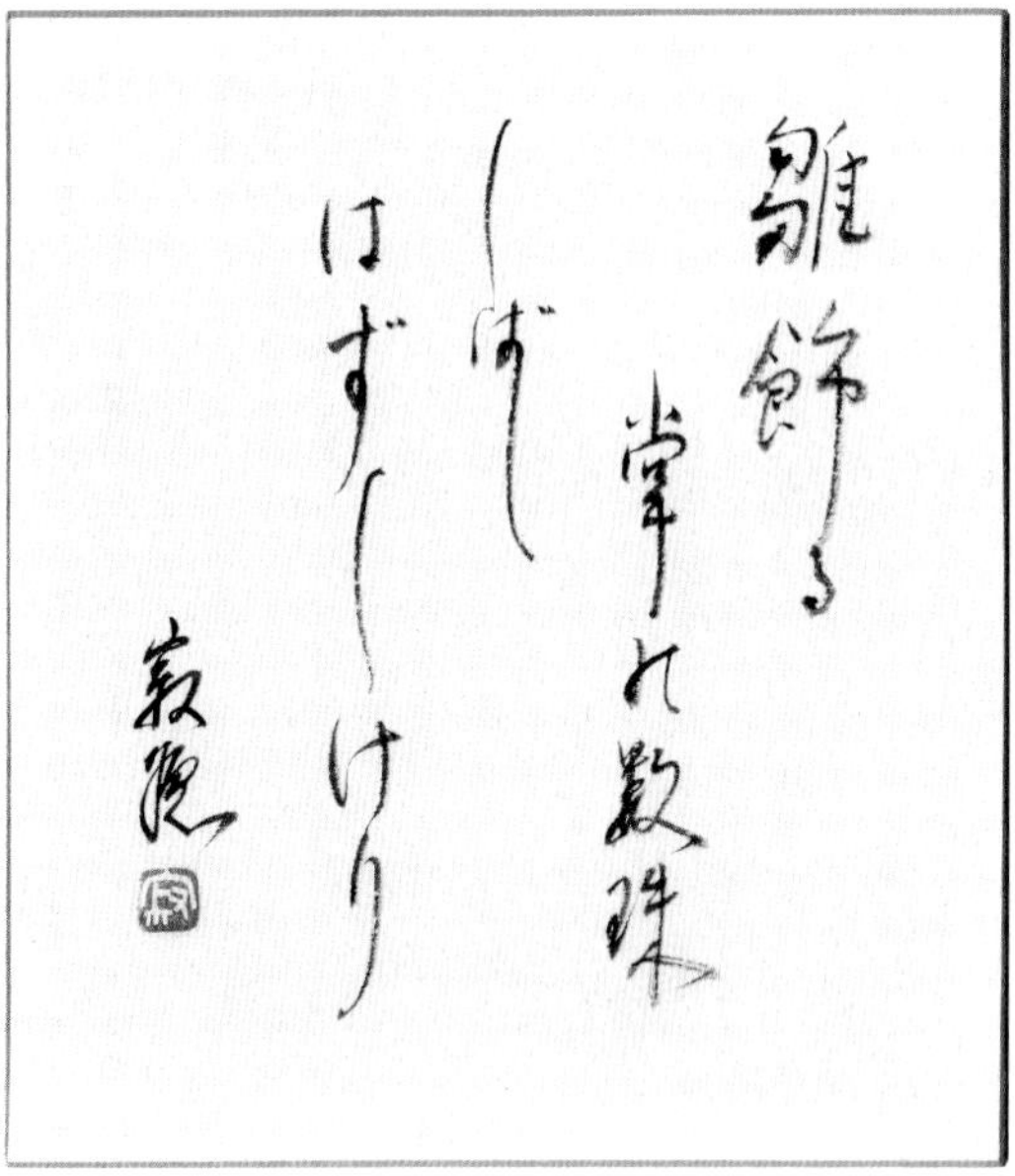

自筆の色紙

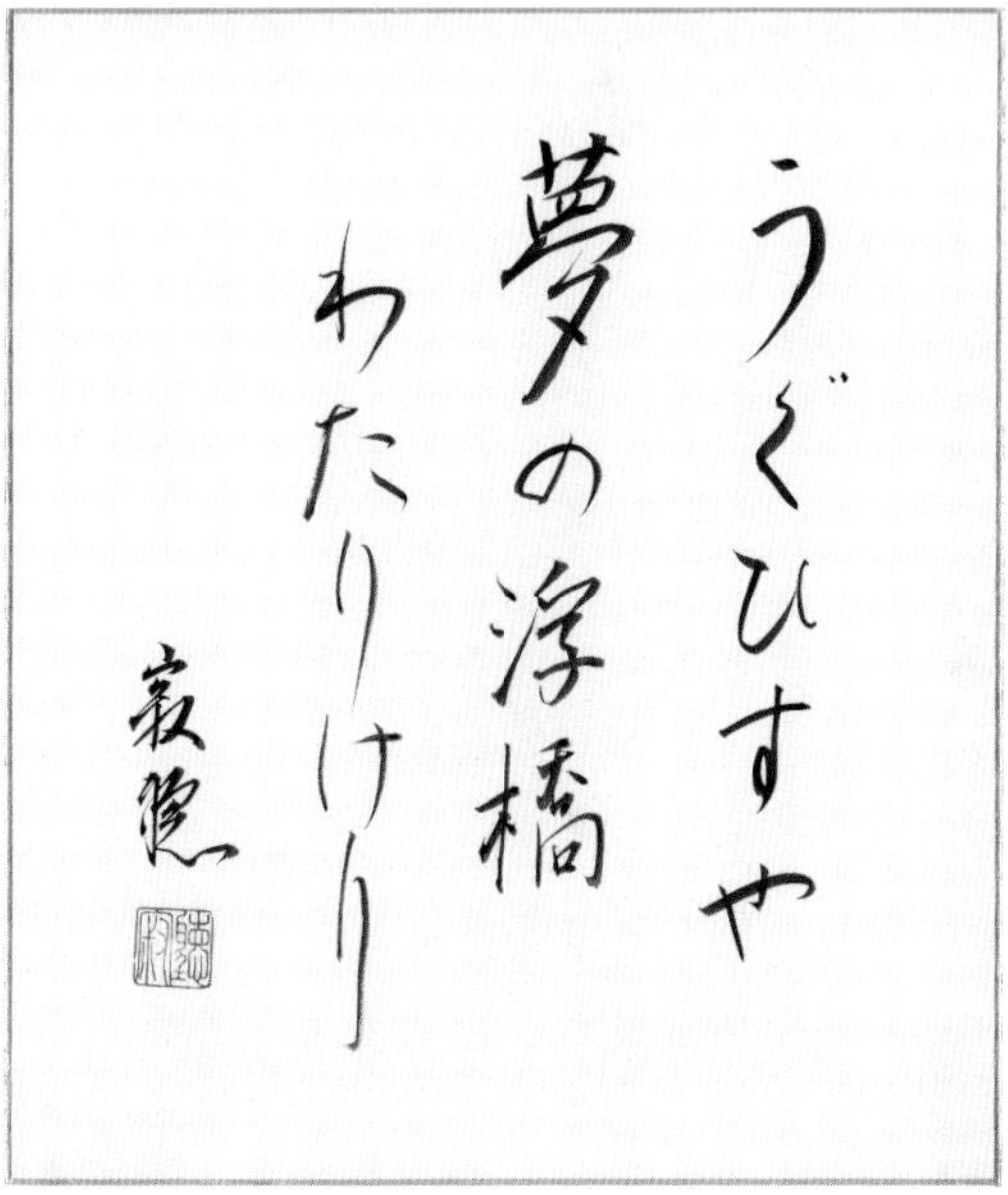

自筆の色紙

若い人たちへ、親たちへ

未来はやっぱり子どもですよ。子どもたちが一生懸命に背負って行くんです

被災地などの厳しい環境にあっても子どもたちは、みんなそれぞれ年齢に応じて明るい顔をしているものです。生き生きと目を輝かせて遊んでいます。私たちがいくら頑張ってもたかが知れています。だからお子さんやお孫さんの教育はきちんとしてあげてください。やがて未来を背負うのは子どもたちなのです。

〈いのちの説法第五話〉より

みんなに悪口を言われても「私のしていることはすべて仏様がご覧になっている」と考えれば平気なものです

私たちが隠れてコソコソと何をしようと仏様は全部見ていらっしゃいます。誰にも見られていないと思って、何か悪いことをしようとしても同じことです。だからどんな時にも変なことをしてはいけないし、逆にいいことをしているのなら、誰に何を言われようと気にすることはありません。

〈いのちの説法第三話〉より

「こんな本を読んだらいけません」とか「マンガはダメ」なんて言わなくていい。子どもの読みたいものを何でも勝手に読ませなさい

子どもは純真で賢いものです。いい話はきちんと受け止めて、それを自分で選ぶ力を持っています。だから本も、はじめはくだらないものを面白がっていても、だんだんつまらなく感じるようになる。そんな自浄作用があるのです。だから何でもいいので活字に慣れさせること。それが文化に接する最初のステップになるのです。

〈いのちの説法第五話〉より

数えきれないぐらいたくさんの精子がたった一つの卵子と出会うのは偶然じゃない。何かの意思だと思うんです

「この世は苦だ」とおっしゃったのはお釈迦様です。その苦しい世の中になぜ私たちが生まれてこなければならないか。よく若い人は「お父さんとお母さんが勝手に産んだんだ」などと言いますが、それはお父さんとお母さんが産んだのではありません。何か「大いなるもの」の意思によって生まれてくるのです。

〈いのちの説法第一話〉より

震災後の東北の瓦礫の中で　©斉藤ユーリ

生きること、死ぬこと

いつもすがすがしく、空っぽで風が吹き通るような心でいることがいちばん幸せなんです

あらゆる悩みは心が起こします。心が感じるからつらかったりうれしかったりする。そんな自分の心を制御できる力を持つことが大事なのですが、人間は自分の心一つさえ自由にできません。仏様にすがるのは、心が揺れ動くのを押さえてもらうためです。自分の力ではできないから、それをお願いするのです。

〈続元気法話二〉より

人間が本当に自由になったら放っておいても長生きします

元気でいるには好きなものを食べること。世間では「あれは食べちゃいけない、これは食べちゃいけない」とよく言いますが、信じる必要はありません。自分の好きなものが栄養になるのです。そして「いつ死んでもいい」と思うとなかなか死なないもので、「死にたくない」とばかり思っているとかえって病気になるのです。

〈いのちの説法第五話〉より

「あの世はあるのか」という問いにお釈迦様は答えなかったの。そんなことはわからないと思ったんじゃないかしら？

みんないつかは死ぬのです。せっかくこの世に生まれてきたのですから、生きている間は精一杯生きましょう。それで死ぬのは仕方がありません。あの世があるのかどうかは一度死んでみなければわかりません。だけど死んだ人が帰ってこないということは、きっと向こうに何かがあるのでしょう。

〈続元気法話二〉より

第三章　祈った

©岡本隆史

言葉には
言霊《ことだま》というものがあるの。
だからうっかり
ものを言っちゃいけない。
どうせ言うなら
良いことを
言ったほうがいい

そんなに好きでなくとも「あの人、好きよ」などと言っておけば相手は機嫌がよくなるでしょう。だから良いことだけを言って、悪口は言わないほうがいい。朝起きた時も「今日は気分が悪いなあ」と思ったら気分の悪い一日になるし「お天気は悪いけど私は気分がいいわ」と口に出して言うと気分が良くなるものなのです。

〈いのちの説法第五話〉より

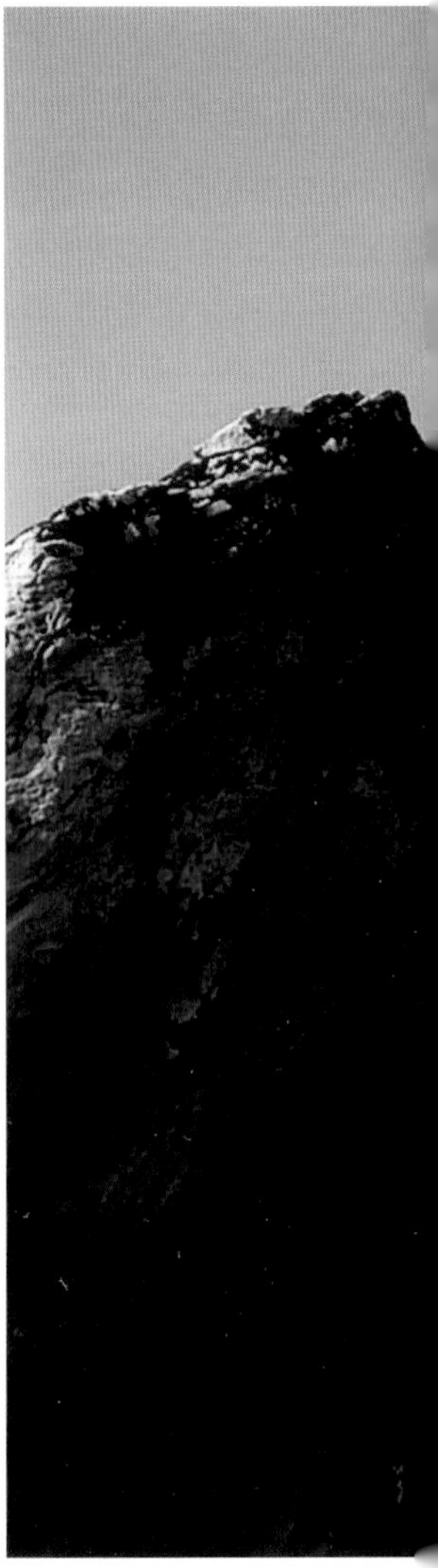

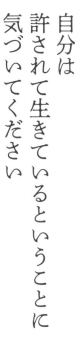

1989年、インド霊鷲山

亡くなった人が生きていた時のことを忘れない誰かがいるということは、亡くなった人の魂にとって、ありがたく心強いことなの

若い人が亡くなった時に「私が代わって死んだら良かった」などというお年寄りがいます。でも残されたということは、何か意味があるのです。残された人は弔《とむら》うことができるし、忘れないでいてあげられます。死んでしまって誰にも思い出されないのが、亡くなった人にとってはいちばん寂しいことなのです。

〈いのちの説法第六話〉より

愛する人に死なれて「もっと良くしてあげれば良かった」という人は、もう十分にしている人なんです

ご両親や連れ合いが亡くなった時に、生前から良くしてきた人ほど、「もっと良くしてあげたかった」と思うものです。そういう人はもう十分にしてきたのだと安心してください。逆にどうでもいい扱いをした人は、その相手が亡くなった時にもあまり後悔しないのです。人間の心というのは本当に不思議なものだと思います。

〈いのちの説法第二話〉より

自分は許されて生きているということに気づいてください

知らずに人を傷つけていることはよくあります。「悪いことはしていない」と思っていても、存在しているだけで誰かから憎まれたり恨まれたりもするのです。だから「自分が辛抱しているように向こうも辛抱しているんだろうな」と、そういうふうに、ちょっと視点を変えてほしいのです。

〈いのちの説法第三話〉より

スペシャルインタビュー

細川護熙

「悪いことはするな 善いことをせよ」の教えをともに心に

第79代内閣総理大臣を務め、現在は陶芸や襖絵の制作などに取り組む細川護熙さん。熊本県知事だった頃に出会った寂聴さんとの交流を通じ感じとった、宗教家としての思いについてお聞きしました。

作家の観察眼と記憶力に驚嘆した

現在は毎日、自分のアトリエで絵画などの作品制作に没頭しています。最近は作品のチャリティー展覧会を催して、収益をウクライナへの義援金として寄付しています。

初めて寂聴さんにお目にかかったのは、私が熊本県知事をしていた頃のこと。祇園にある小料理屋のカウンターで、たまたま隣り合わせになりましたが、お互いに別に客人がありましたから、言葉を交わすといっても挨拶程度のものでしたね。

それにもかかわらず、後年、再会してお話しした時には、寂聴さんはその最初の出会いをとてもよく覚えてらっしゃった。「あなたはビールではなく、日本酒を召し上がっておられましたね」と。些細《ささい》なことですが、そういうことを覚えておられて、「作家とはよく他人のことを観察しておられて、さすがだな」と感心した記憶があります。

ある時、建築家の故・白井晟一《せいいち》氏が設計した建物を預かってくれないかというお話があり、お受けしました。そこから100メートルほど行くと、すぐに寂聴さんの寂庵があった。すぐ近くということでご挨拶に伺ったのです。それから、ご近所付き合いをするようになりました。

京都に行く際には、寂聴さんにお電話をする。すると、「ちょっといらっしゃい」なんてお誘いをいただきました。もう2時近いので「食事は済ませてきましたので」

と伝えても、お寿司をごちそうになったり、シャンパンの栓を抜かれてしまう。「昼間からお酒は飲めませんよ」とお話ししてもしようがない。昔は私もそれなりに飲みましたが、最近はほとんど飲みませんから、せいぜい1杯だけお付き合いするくらいでした。

寂聴さんとお会いして話題に上ることといえば、いつもほかの作家や文化人の色恋の話ばかり。ここでは話せないことも多いですね（笑）。しかし、作家の記憶力というものには改めて感心するばかりでした。

シンプルかつ難しい生き方をずっと実践しようと努めてきた

寂聴さんにお会いした際、たとえば政治情勢などについて何か具体的な議論をしたという記憶はありません。しかし、原発や戦争に対する思いは、わざわざ話をしなくとも相通じるところがあったと感じます。そんな背景もあってか、2014年に私が原発反対を掲げて東京都知事選挙に立候補した際には、京都から応援演説に駆けつけてくださった。今、寂聴さんがご存命であれば、おそらくウクライナ情勢についても、私との意見は一致していたのではないでしょうか。たとえ、何も話さなくとも。

中国の唐代の詩人・白楽天（白居易《はくきょい》）とその師匠である鳥窠《ちょうか》和尚との間にこんな逸話があります。毎日、木の上で座禅をしている鳥窠和尚に対して、白楽天は「仏教の真髄とは何か」と尋ねました。鳥窠和尚は「悪いことはするな、善いことをせよ」と言われた。これを聞いた白楽天は「そんなことは3歳の童子でも知っていることですよ。そんなことが仏教の真髄なのでしょうか」と改めて問うと、鳥窠和尚は「3歳の童子が知っていることであっても、80歳の老人ですら実践し難いことなのだ」と答えた。

「悪いことはするな、善いことをせよ」とは「諸悪莫作《しょあくまくさ》 衆善奉行《しゅぜんぶぎょう》」（諸々の悪を作すこと莫かれ、諸々の善を奉じ行え）という言葉で表されます。これは一休禅師の墨跡でも知られていますが、当たり前のことだけども、とても難易度の高い行いであり、これが仏教の教えだというわけです。

「悪いことはするな、善いことをせよ」という、3歳の子どもでもわかるようなことなのに、80歳の老人になってもなかなか実践することができない。そんなシンプルかつ難しい生き方を、私もずっと実践しようと努めてきたつもりです。そして、おそらく寂聴さんにも、そのような考え方が根本にあったように思います。

私たちは、それをお互いによくわかっていました。だからこそ、「原発反対」「戦争反対」などについても、くどくどと話したりする必要はなかった。そういう意味では寂聴さんとは最後まで、本当に自然体でのお付き合いをしてきたように感じます。

細川護熙
Morihiro Hosokawa

1938年、東京都生まれ。朝日新聞記者を経て、衆参議員、熊本県知事、日本新党代表、内閣総理大臣を歴任。政界引退後、神奈川県湯河原の「不東庵」にて作陶、書、水墨、茶杓作り、漆芸などを手がける。財団法人永青文庫理事長。著書に『不東庵日常』（小学館）、作品集『晴耕雨読』（新潮社）、『明日あるまじく候 勇気を与えてくれる言葉』（文藝春秋）など。

文／大野 真　撮影／金子 靖

お悩みスッキリ解決！

寂聴さんの人生案内 その5

お悩み

何だかよくわからない不安のせいで近頃よく眠れません

よく眠るためには、心にも身体にもわだかまりを残さないこと

安眠できるというのがいちばん身体のためになりますね。安眠すれば、たいていの疲れはとれますし、憎らしいと思っていた人への恨みつらみも忘れます。

よく眠るためには、心にも身体にも何も残さないことが大切です。

身体にわだかまりを残さないためには、毎日毎日ちゃんと排泄すること。あと胃にものが残っていると嫌な夢を見たりするから、夜９時を過ぎたらなるべく何も食べないようにして胃の負担を軽くしましょう。

そして、心のわだかまりを残さないためには、眠る前にその日のことを全部「捨てて」しまってください。

神様でも仏様でもいいですし、信仰がなければご先祖様でもいいから、「今日は誰と誰を憎んで、こんな悪いことをしましたけどごめんなさい」と懺悔《ざんげ》をするのです。仏教では「懺悔」と書いて「さんげ」と読みます。

あとはよく食べて、ちょっとお酒も飲んで、昼間はよく歩いて身体を疲れさせること。そうすればきっと安眠できますし、嫌だと思っても長生きしますよ。

寂庵・サガノサンガでの法話より（2010年）

お悩みスッキリ解決！

寂聴さんの人生案内 その6

お悩み

長生きするために何かいい健康法はありますか？

私はお医者さんが「してはいけない」ということを全部してきました

みんな、いかに長生きができるか、健康で若くいられるかというのが望みみたいね。だけど私は、お医者さんが「してはいけない」ということを全部してきました。

高齢になると、お医者さんは「仕事も何もしないで、静かにしていなさい」と言うわよね。だけど私は徹夜で小説を書いたりしていました。

どうせ死ぬのなら、庭の草むしりなんてしていたってしょうがないもの。「それならもっと仕事をしてやれ」と思って、60歳の頃にはちょっと控えようと思っていた苦しいことも全部するようにしたんです。そうしたら逆に元気になって、半年もしたらそのお医者さんのほうが死んじゃった。それ以来、私はお医者さんの言うことはあまり信じないんですよ。

「これを食べたらいい」とか「これを食べたらいけません」ということも、まったく守っていません。

寂庵・サガノサンガでの法話より（2013年）

お悩みスッキリ解決！

寂聴さんの人生案内 その7

お悩み

正直言って、死ぬことが怖いです

たまに「明日死んでしまうかもしれない」と考えてみることは必要

ある禅寺の偉いお坊さんが重い病気にかかった時、侍医に「何を聞いても慌てないから本当のことを教えてくれ」と尋ねた。そこで侍医が「あと一週間の余命でございます」と伝えたら、ガバッと起き上がって「死にとうない」と騒いだというのね。人ってそういうものだと思います。

死ぬということをたまには一晩ぐらい、じーっと考えてごらんなさい。そうしたら「あれをやり残した」とか「これを伝えなきゃ」とかいろいろと忘れていたことを思い出したりします。

そうしてやりたいことをやって、「あの人にこれを告げたい」と思って遠慮していたことがあるなら、それを全部言いなさい。そうすると胸がすっとしますよ。

だから、たまに「明日死んでしまうかもしれない」と考えてみることは必要だと思います。その時には何か厳粛な気持ちになって、「自分がいかに毎日をいい加減に生きているか」ということに気がつくはずです。

人への恨みつらみは忘れて、感謝は遺書のように書き残しておく。そうやって眠りにつくと案外、死なないものです。翌日にはまた元気に目が覚めることでしょう。

寂庵・サガノサンガでの法話より（2012年）

寂聴さんに会いたくなったら「瀬戸内寂聴記念室」へ

寂庵の書斎を再現

　四国・徳島市の出身である寂聴さんが全面的に協力して生まれた徳島県立文学書道館、その３階にある「瀬戸内寂聴記念室」に、寂聴さんの貴重な直筆原稿や愛用品が展示・保管されています。

　文学的業績と人生を紹介している展示や447冊におよぶおもに初版本の展示は圧巻。正面には嵯峨野・寂庵の書斎を模倣したコーナーがあり、ここから幼い寂聴さんが登った眉山《びざん》を眺められます。優秀な指物職人であった父親の血を受け継いで、手先が器用だった寂聴さんの水彩画や木彫の観音様、石仏、手びねりのかわいいお地蔵さまを展示したコーナーも。ゆったりとした時間の流れる穏やかな空間で、寂聴さんが待っています。

圧巻の著作の壁

51歳までのバイオグラフィーを展示

瀬戸内寂聴記念室（徳島県立文学書道館３階）

〒770-0807 徳島市中前川町2丁目22-1（徳島中学校東隣）
TEL 088-625-7485／FAX 088-625-7540
開館時間：9:30〜17:00
休館日：月曜日（祝日の場合は開館、翌日休館）
年末年始は12/28〜1/4休館
http://www.bungakushodo.jp

〈瀬戸内寂聴 99年の軌跡〉

西暦（年号）	年齢	出来事
1922（大正11）年	0歳	・5月15日、徳島県徳島市塀裏町（現在の幸町）で、神仏具店を営む父・三谷豊吉と母・コハルの間に次女として生まれる（旧名・晴美）。二人姉妹
1929（昭和4）年	7歳	・徳島市立新町尋常小学校に入学。本好きで綴り方が得意だったこともあり、小学3年の時に小説家になることを決意する ・父が親類の瀬戸内いとと養子縁組を行い、瀬戸内家を継ぐ
1935（昭和10）年	13歳	・徳島県立徳島高等女学校に入学。陸上競技（走り高跳びや槍投げなど）の選手になる。入学直後、与謝野晶子訳の『源氏物語』（金尾文淵堂）に出合う
1940（昭和15）年	18歳	・東京女子大学国語専攻部に入学
1942（昭和17）年	20歳	・見合いをする。その後、婚約
1943（昭和18）年	21歳	・2月に徳島で結婚 ・9月に戦時中のため大学を繰り上げで卒業 ・10月に夫が赴任している北京へ渡る
1944（昭和19）年	22歳	・長女が誕生
1946（昭和21）年	24歳	・親子三人で徳島に引き揚げる
1947（昭和22）年	25歳	・一家で上京する
1948（昭和23）年	26歳	・年下の文学青年と恋に落ち、夫と一人娘を残して京都へ出奔 ・大翠書院などに勤務
1950（昭和25）年	28歳	・協議離婚 ・三谷晴美のペンネームで投稿した少女小説『青い花』が雑誌『少女世界』（富国出版社）に掲載される
1951（昭和26）年	29歳	・上京して、少女小説や童話で生計を立てる ・丹羽文雄主宰の同人誌『文学者』の同人となる
1957（昭和32）年	35歳	・『女子大生・曲愛玲』で第3回新潮社同人雑誌賞を受賞 ・文芸誌『新潮』（新潮社）で『花芯』を発表。批評家たちから酷評を受け、他誌で反論する。その後5年間、文芸誌からの執筆依頼が来なくなる
1959（昭和34）年	37歳	・同人誌『無名誌』で『田村俊子』の連載を開始 ・『東京タイムズ』で初の長編小説『女の海』の連載を開始
1960（昭和35）年	38歳	・徳島ラジオ商殺し事件の取材をきっかけに（70年9月から『週刊読売』に『徳島ラジオ商殺し』5回連載）、無実の罪に問われた冨士茂子の支援を始める。本人が亡くなったあと、無罪判決が言い渡される85年まで26年間支援を続けた
1961（昭和36）年	39歳	・『田村俊子』（文藝春秋新社）で第1回田村俊子賞を受賞 ・日ソ婦人懇話会の訪ソ使節団に参加する
1962（昭和37）年	40歳	・女性誌『婦人画報』（婦人画報社）で『かの子撩乱』の連載を開始（65年刊行）。漫画家・岡本一平の妻であり、芸術家・岡本太郎の母である小説家・岡本かの子をモデルとした評伝小説。連載当初から、岡本太郎が描く挿絵とともに話題となる ・『新潮』で、自身の体験を基に綴った小説『夏の終り』を発表 ・週刊誌『週刊新潮』（新潮社）で『女徳』の連載を開始
1963（昭和38）年	41歳	・『夏の終り』（新潮社）で第2回女流文学賞を受賞
1965（昭和40）年	43歳	・雑誌『文藝春秋』（文藝春秋）で『美は乱調にあり』の連載を開始（66年刊行）。アナーキストの大杉栄とともに惨殺された、雑誌『青鞜』最後の編集者・伊藤野枝の伝記小説 ・文芸誌『文藝』（河出書房新社）で『鬼の栖』の連載を開始
1966（昭和41）年	44歳	・文芸誌『別冊文藝春秋』（文藝春秋）で『死せる湖』を発表。新聞や雑誌での活動が活発になってくる ・作家・井上光晴と講演旅行で高松へ。恋愛関係に発展するきっかけに ・京都市中京区西ノ京原町に転居する。東京・目白の仕事場と京都の自宅を往復する生活が始まる
1967（昭和42）年	45歳	・女性誌『主婦の友』（主婦の友社）で自伝小説『いずこより』の連載開始 ・『瀬戸内晴美傑作シリーズ』全5巻（講談社）を刊行
1968（昭和43）年	46歳	・雑誌『思想の科学』で『遠い声・管野須賀子抄』の連載を開始（70年刊行）
1970（昭和45）年	48歳	・『文藝』に『おだやかな部屋』を発表
1971（昭和46）年	49歳	・雑誌『婦人公論』（中央公論社）で『余白の春』の連載を開始 ・『日本経済新聞』で『京まんだら』の連載を開始 ・週刊誌『週刊朝日』（朝日新聞出版）で『中世炎上』の連載を開始
1972（昭和47）年	50歳	・『瀬戸内晴美作品集』全8巻（筑摩書房）を刊行開始（73年完結）
1973（昭和48）年	51歳	・日中文化交流協会の訪中団に参加する ・『瀬戸内晴美長編選集』全13巻（講談社）を刊行開始（74年完結） ・11月14日、作家でもある今東光（法名・今春聴）大僧正を師僧として、岩手県・平泉町の中尊寺にて得度（法名・寂聴）。「寂聴」の法名は「今春

聴」に由来

1974（昭和49）年　52歳
・東京の仕事場と京都の自宅を引き払う
・比叡山横川行院にて四度加行を受ける。後日法話で「もう一度戻れるなら、横川の行院のあの2カ月の生活をしたいと思っています。それくらい厳しく辛かったけれど、とても印象に残った楽しい時間だったのです」と語った
・京都市右京区嵯峨鳥居本仏餉田町に「寂庵」を結ぶ

1975（昭和50）年　53歳
・『瀬戸内晴美随筆選集』全6巻（河出書房新社）を刊行

1977（昭和52）年　55歳
・初の国東半島巡礼、インド巡礼を行う

1979（昭和54）年　57歳
・国東半島・六郷満山の峯入り行に、一日参加する
・書下ろし長編『比叡』（新潮社）を刊行

1980（昭和55）年　58歳
・酒井雄哉大阿闍梨の「千日回峰行」の京都大廻りに、1日お供する
・シルクロードの旅へ

1981（昭和56）年　59歳
・徳島市に月一回の寂聴塾を開講（同年終了）。多忙のなか、足繁く徳島に通った
・『続瀬戸内晴美長編選集』全5巻（講談社）を刊行開始
・『新潮』で『ここ過ぎて　白秋と三人の妻』の連載を開始
・『文藝春秋』で『諧調は偽りなり』の連載を開始。この作品でも、大杉栄と伊藤野枝の軌跡を描いた

1982（昭和57）年　60歳
・徳島市に徳島塾を開講（86年3月終了）
・『婦人公論』で『青鞜』の連載を開始（84年刊行）
・インド、パキスタンへ取材旅行。『インド夢幻』（朝日新聞社）を刊行

1983（昭和58）年　61歳
・文芸誌『すばる』（集英社）で『私小説』の連載を開始（85年刊行）

1985（昭和60）年　63歳
・ふれあいの場として、寂庵に四十畳敷の修行道場「サガノ・サンガ（嵯峨野僧伽）」をつくる
・「曼陀羅山寂庵」を寺として申請
・『瀬戸内寂聴紀行文集』全6巻（平凡社）を刊行

1986（昭和61）年　64歳
・四国八十八ヶ所巡礼へ
・酒井雄哉大阿闍梨の2回目の「千日回峰行」の京都大廻りに、2日間お供する
・世界五大仏教聖地の一つに数えられる中国山西省の五台山へ
・連合赤軍裁判で永田洋子被告の証人として証言台に立つ

1987（昭和62）年　65歳
・寂庵発行の新聞『寂庵だより』を創刊する。創刊以来、近況や自身の随筆、親交のあった美術家・横尾忠則、写真家・藤原新也、書家・榊莫山などの作品を掲載
・岩手県二戸郡（現・二戸市）浄法寺町の天台寺の住職となる。以来、寺の復興に尽力し、「青空法話」も全国から聴衆を集めるほどの人気に（毎年5月に開催、2017年まで）
・再びシルクロードへ

1988（昭和63）年　66歳
・7度目のインドへ
・敦賀女子短期大学の学長に就任（92年3月まで）
・比叡山不滅の法灯を天台寺に分灯する

1989（平成元）年　67歳
・雑誌『中央公論文芸特集』（中央公論社）で『花に問え』の連載を開始。一遍上人のおもかげを追いつつ、男女の愛執からの無限の自由を求める京都の老舗旅館の女将の心の旅を描いた
・『瀬戸内寂聴伝記小説集成』全5巻（文藝春秋）を刊行開始（90年3月完結）

1990（平成2）年　68歳
・『新潮』で『手毬』の連載を開始（91年刊行）
・文芸誌『群像』（講談社）で『白道』の連載を開始。平安時代の歌人・西行を描いた作品
・秩父巡礼へ
・8度目のインドへ

1991（平成3）年　69歳
・湾岸戦争の犠牲者冥福と即時停戦を祈願して断食を行う。1週間ほどで倒れて入院し、その数日後に停戦した
・湾岸戦争の犠牲者救済カンパと支援物資を届けるため、イラク・バグダッドを訪問する
・雲仙・普賢岳噴火災害の被災地支援のため現地を訪問

1992（平成4）年　70歳
・『花に問え』（中央公論社）で第28回谷崎潤一郎賞を受賞
・『源氏物語』の現代語訳にとりかかり始める
・岩手県二戸郡浄法寺町の名誉町民となる

1993（平成5）年　71歳
・西国三十三観音霊場へ巡礼
・雑誌『中央公論』（中央公論社）で『草筏』の連載を開始（94年刊行）
・第11回京都府文化賞特別功労賞を受賞

1994（平成6）年　72歳
・天台座主第253世山田恵諦大僧正の葬儀において弔辞を捧げる
・第20回徳島県文化賞を受賞

1995（平成7）年　73歳
・阪神・淡路大震災直後に被災地を訪問。道が通れない状態だったため、京都から歩いて向かった
・『白道』（講談社）を刊行

1996（平成8）年　74歳
・『白道』で第46回芸術選奨文部大臣賞を受賞
・『わたしの樋口一葉』（小学館）を刊行
・現代語訳『源氏物語』全10巻（講談社）を刊行開始（98年4月完結）

1997（平成9）年　75歳
・NHK教育テレビ『人間大学』に出演（「源氏物語の女性たち」全12回）
・『つれなかりせばなかなかに 妻をめぐる文豪と詩人の恋の葛藤』（中央公論社）を刊行。文豪・谷崎潤一郎と妻の千代、そして詩人・佐藤春夫の三角関係を描いた
・文化功労者として表彰される
・『源氏物語』の現代語訳を終える

1999（平成11）年　77歳
・海外で『源氏物語』についての講演を行う（パリ、ハワイ、ロサンゼルス、ロンドンなど）
・コロンビア大学、シカゴ大学で『源氏物語』を講ず

2000（平成12）年　78歳
・釈迦のたどった道を訪ねるためインドに行く
・岩手県県勢功労者に選ばれる
・徳島市名誉市民に選ばれる
・NHK教育テレビ『人間講座』に出演（「釈迦と女とこの世の苦」全12回）
・『新潮』で『場所』の連載を開始（01年刊行）
・新作能「夢浮橋」の台本を手がける（国立能楽堂で上演）。自身の短編小説『髪』がベースになっている

2001（平成13）年　79歳
・『瀬戸内寂聴全集』（新潮社）を刊行開始
・ニューヨークの同時多発テロと、アフガニスタンでの報復戦争の犠牲者冥福と即時停戦を祈願して断食を行う
・『場所』（新潮社）で第54回野間文芸賞受賞

2002（平成14）年　80歳
・新作歌舞伎「源氏物語 須磨・明石・京の巻」で第30回大谷竹次郎賞を受賞。市川新之助（現・市川海老蔵）が光の君を演じた
・『瀬戸内寂聴全集』全20巻完結
・『釈迦』（新潮社）を刊行

2003（平成15）年　81歳
・朝日新聞に、イラクへの武力攻撃反対の意見広告を出す
・「青少年のための寂聴文学教室」を徳島市に開く（04年終了）

2004（平成16）年　82歳
・徳島県立文学書道館の館長に就任（同館3階に「瀬戸内寂聴記念室」）
・寂庵での「法話の会」を再開する
・『藤壺』（講談社）を刊行
・京都・三十三間堂で、新潟県中越地震救援募金のための青空説法を開催。集まった資金を被災地に届ける

2005（平成17）年　83歳
・天台寺の住職を退任。法話は継続する

2006（平成18）年　84歳
・作家生活50年目を迎える
・国際的な活躍が目覚ましい文化人に贈られる、イタリアの「国際ノニーノ賞」を受賞
・初めてオペラの台本を手がけた書き下ろし作品『愛怨』が新国立劇場にて初演される。遣唐使として唐に渡った青年と、生き別れとなった美しいふたごの姉妹の愛と苦悩を描いた
・文化勲章を受章。受章に際して「生きることは愛すること。世の中をよくするとか、戦争をしないとか、その根底には愛がある。それを書くのが小説と思う」と語った

2007（平成19）年　85歳
・徳島県県民栄誉賞を受賞
・世阿弥の生涯を描いた小説『秘花』（新潮社）を刊行
・滋賀県大津市にある比叡山延暦寺の直轄寺院「禅光坊」の住職となる。延暦寺の直轄寺院初の女性住職
・京都市名誉市民に選ばれる。京都に庵を結び、創作活動・法話活動を行ってきたことや、『源氏物語』現代語訳を完成させた後も『源氏物語』を通じて、日本文化の奥深さ、素晴らしさを日本全国にまた海外に伝えた業績などが称えられた
・加齢黄斑変性症（右目）の手術を受ける。5月に違和感を覚え、7月に入院してレーザー手術を受けた結果、症状の進行は止められた

2008（平成20）年　86歳
・文化庁の「文化広報大使」第1号に任命される
・『源氏物語』の成立1000年を記念して行われた「源氏物語千年紀」の呼びかけ人として、全国各地で講演会などの活動を精力的に行う
・第3回「安吾賞」を受賞
・動画コンテンツ「寂聴 あなたと話しましょう」（ニフティ）の配信開始。インターネットで受け付けたロストジェネレーション世代（バブル崩壊後の就職氷河期などに直面した世代）の人生相談に対して答え、その様子を無料動画で配信（11年11月終了）
・「ぱーぷる」名義で、ケータイ小説『あしたの虹』を執筆する。ペンネームは長年携わってきた『源氏物語』にちなんだもの
・責任編集雑誌『the寂聴』（角川学芸出版）の刊行を開始（10年9月第12号で完結）。第1号の特集は「萩原健一と歩く浄土」。川上弘美のエッセイや藤原新也との往復書簡も掲載
・『奇縁まんだら』（日本経済新聞社）刊行開始（11年まで、全5巻）

2009（平成21）年　87歳
・京都市中京区堺町丸太町の築約100年の木造2階建て町家を改修して、文化サロン「羅紗庵」を開く。亡くなった親友のチベット史研究者から譲り受けたことから、チベット仏教の聖地・ラサにちなんで「羅紗庵」と命名
・「曼陀羅山寂庵 サガノ・サンガ」の分院として、徳島県鳴門市大麻町に

「曼陀羅山寂庵ナルト・サンガ」を開庵（14年閉庵）
・『わたしの蜻蛉日記』（集英社）を刊行
・岩手県二戸市に瀬戸内寂聴記念館開館

2010（平成22）年　88歳
・腰部脊柱管狭窄症と診断され入院。その後、腰椎圧迫骨折も見つかり、半年間休養する

2011（平成23）年　89歳
・『風景』（角川学芸出版）で第39回泉鏡花文学賞を受賞
・東日本大震災の被災地、岩手県九戸郡野田村を訪問する。最初に野田小学校を訪れ、本と紙芝居を寄贈。小学生による朗読会と質問タイムが設けられた

2012（平成24）年　90歳
・『月の輪草子』（講談社）を刊行
・経済産業省前で行われた大飯原発再稼働反対のハンガーストライキに、支援のため参加する。主治医に内緒で京都から駆けつけ「90年生きてきて今ほど悪い日本はありません。このままの日本を若者に渡せない」と力強く訴えた
・「さようなら原発10万人集会」に、呼びかけ人の一人として車椅子で参加する。スピーチでは聴衆に「政治に対して言い分があれば口に出して言っていい。身体で表していいんです」と語りかけた

2013（平成25）年　91歳
・仙台の東北大学で震災関連の講演を行う
・長年勤めた寂庵のベテランスタッフ4人が、瀬尾まなほを残して一斉退職。2017年に出演したテレビ番組『ゴロウ・デラックス』（TBS）で、退職理由について「これ以上、働かせるのもつらい。（寂聴氏の負担を減らすために）私たちが辞めます」とスタッフから泣きながら告げられたことを明かした
・幕張メッセで開催された東日本大震災被災地支援イベント「FREEDOMMUNE」で法話ライブを行う。集まった大勢の若者に向かって「青春は恋と革命だ！」とメッセージを投げかけた
・『爛』（新潮社）を刊行

2014（平成26）年　92歳
・徳島県立文学書道館の名誉館長に就任
・脊椎圧迫骨折で入院。同時に胆のうがんが見つかり摘出手術を行う。手術について、雑誌『ハルメク』（ハルメク）18年1月号のインタビューで「私は、がんと一緒にいるのはまっぴらでした。ですから『すぐ取ってください！』とお医者様にお願いしたんです」と語った
・『死に支度』（講談社）を刊行。毎日新聞の取材に対して「90歳を機に、どんな死を迎えるべきか考えようと書き始めた」「でもまだ、『死に支度』を最後の小説にはしたくない。私がそう言ったと、必ず記事に書いてね」と答えている

2015（平成27）年　93歳
・『わかれ』（新潮社）を刊行
・国会議事堂前で行われた安全保障関連法案に反対する集会に参加。体調が万全ではないなか、「どうせ死ぬならばこちらへ来て、みなさんに『このままでは日本はだめだよ、日本はどんどん怖いことになっているぞ』ということを申し上げて死にたいと思った」と思いを訴えた
・長崎県美術館で展覧会『戦後70年、被爆70年―瀬戸内寂聴展 これからを生きるあなたへ』開催。初日には美輪明宏とのトークイベントも行った

2016（平成28）年　94歳
・『群像』（講談社）で『いのち』の連載を開始
・『求愛』（集英社）を刊行
・心臓カテーテル手術
・虐待、性被害、貧困などによって生き難さを抱える少女や女性の支援を目的とした「若草プロジェクト」の呼びかけ人となる。厚生労働省元事務次官で津田塾大客員教授の村木厚子と共に代表呼びかけ人として、相談業務や一時保護施設「若草ハウス」の運営、支援の方法を学ぶための研修会などに取り組む

2017（平成29）年　95歳
・天台寺で晋山30周年記念の特別法話を開催。「もうここには来られないと思うけど、私の魂は天台寺に留まります。一緒にお墓に入りませんか」などユーモアを交えながら40分間語りかけた
・初の句集『ひとり』（深夜叢書社）を自費出版で刊行。入退院を繰り返すなか、自分の余命を愉しくすることとして句集作りが浮かんだ
・少女小説集『青い花』（小学館）を刊行
・『生きてこそ』（新潮社）を刊行
・長編小説『いのち』（講談社）を刊行
・体力低下を理由に『寂庵だより』の発行を終了（17年9月に最終号）

2018（平成30）年　96歳
・2017年度朝日賞受賞
・『句集 ひとり』で第6回星野立子賞を受賞

2019（平成31／令和元）年　97歳
・「瀬戸内寂聴 京都特別講演会&映画館生中継ライブ・ビューイング」開催。全国の映画館33館で配信された
・『寂聴 九十七歳の遺言』（朝日新聞出版）を刊行
・『句集 ひとり』で第11回桂信子賞を受賞

2020（令和2）年　98歳
・秘書・瀬尾まなほとの共著『寂聴先生、コロナ時代の「私たちの生き方」教えてください！』（光文社）を刊行。法話が再開できないなか、緊急法話として出版された

2021（令和3）年　99歳
・11月9日、心不全のため京都市内の病院で死去

書いた、愛した、祈った——
ありがとう、瀬戸内寂聴さん

2022年8月10日　第1刷発行

編者　寂聴さんを偲ぶ会
発行人　蓮見清一
発行所　株式会社宝島社
〒102-8388
東京都千代田区一番町25番地
営業　03(3234)4621
編集　03(3239)0646
https://tkj.jp
印刷・製本　株式会社光邦

ISBN978-4-299-02689-7

制作協力・写真提供／瀬尾まなほ（寂庵）、竹内紀子（徳島県立文学書道館）
カバーデザイン／鈴木成一デザイン室
カバー写真／岡本隆史
本文デザイン／中山詳子＋渡部敦人（松本中山事務所）
イラスト／服部あさ美（第二章）
執筆／大友麻子（第一章、三章）、佐藤勇馬（第二章）、早川 満（第三章）
編集／入江弘子